中级工　高级工　技师　高级技师

技术工人操作技能试题精选

数 控 车 工

主　　编　贾恒旦
副主编　　孟玉霞
参　　编　崔静波　尹　霞　凌丹平　孟志萍
　　　　　钟　海　陈云珠　黄　慧

航空工业出版社

北　京

内 容 提 要

　　本书以国家人力资源和社会保障部最新颁布的《国家职业标准》和《职业技能鉴定规范》为依据，采用航空航天制造业"小、巧、精、实"的先进理念，细化技能，以图表为纲，建立阶梯构架，编排通俗易懂，精选了国内外众多经典、简捷、实用、优秀的技能操作试题，是数控车工中级工、高级工、技师、高级技师操作训练的实例教材，也是数控车工职业技能鉴定、竞赛的实用题库。

　　本书既可以供各级技术工人、技师、教师岗位培训使用，又可以作为转岗、农村劳动力转移培训，技工院校、职业院校、大专院校的实训和工程训练使用，还可以作为高级技能人才培训、考试使用。

图书在版编目（CIP）数据

数控车工/贾恒旦主编. —北京：航空工业出版社，
2008.9
　（技术工人操作技能试题精选）
　ISBN 978-7-80243-153-9

　Ⅰ. 数… Ⅱ. 贾… Ⅲ. 数控机床：车床—车削—技术培
训—习题　Ⅳ. TG519.1-44

中国版本图书馆 CIP 数据核字（2008）第 082044 号

技术工人操作技能试题精选：数控车工
Jishu Gongren Caozuo Jineng Shiti Jingxuan：Shukong Chegong

航空工业出版社出版发行
（北京市安定门外小关东里 14 号　100029）
发行部电话：010-64815615　010-64978486
北京华正印刷有限公司印刷　　　　全国各地新华书店经售
2008 年 9 月第 1 版　　　　　　　2008 年 9 月第 1 次印刷
开本：787×1092　1/16　　印张：5　　　字数：124 千字
印数：1—6000　　　　　　　　　　　定价：18.00 元

前　　言

技术工人的核心竞争力是精湛的技能和超常的技巧。实践证明，科学的训练方式、经典的训练课题和科学的操作鉴定试题是加速我国 21 世纪技能人才队伍成长的最佳捷径。

本书是以国家人力资源和社会保障部最新颁布的《国家职业标准》和《职业技能鉴定规范》为依据，把我国现代先进制造业——中国航空航天制造"小、巧、精、实"的先进理念运用到本书之中，对国内外众多技能试题进行了优化处理；按照"够用、实用、好用"的模式进行了精心编排；按技能人才需求、培训、鉴定的形式，搭建了阶梯构架，考点细化，图表定量，步步提升；并由单一件到组合件，从单一职业（工种）组合件到多个职业（工种）复合件，形成了单一职业（工种）向复合职业（工种）的完整过渡，为全面培养、考核、鉴定真正能与国际技能水平接轨的高技能人才奠定了坚实基础。

本书的编写，得到了中国航空工业职业技能鉴定主管王京泰处长、郑玉堂处长的大力支持和航空工业出版社领导刘鑫和史晋蕾编审的鼎力相助，在此一并表示感谢！

尽管我们尽心竭力，遗憾之处在所难免，敬请同行批评指正。

编　者

2008 年 8 月

目　　录

中　级　工

高　级　工

技　　师

高 级 技 师

数控车工 中级工
操作试题

- ◆ 锥度芯棒
- ◆ 锥芯球轴
- ◆ 球头轴
- ◆ 球面轴
- ◆ 止动螺钉

- ◆ 冲头
- ◆ 曲面轴
- ◆ 螺纹套
- ◆ 连接轴
- ◆ 锥套、螺纹组合

数控车工中级工工、量、刃具及毛坯准备清单

序号	名称	规格	精度	数量	序号	名称	规格	精度	数量
1	游标卡尺	0~150	0.02	1	11	带柄钻夹头			1
2	外径千分尺	0~25、25~50	0.01	各1	12	中心钻	A_3		1
3	螺纹千分尺	0~25	0.01	1	13	活扳手			1
4	万能角度尺	0°~320°	2′	1	14	鸡心夹头			1
5	螺距规	米制		1	15	活顶尖			1
6	中心规	60°		1	16	薄铜皮			若干
7	半径样板	1~6.5		1	17				
8	外圆车刀	35°、90°		各1	18				
9	切断刀	$t=3$		1	19				
10	螺纹车刀	60°		1	20				
毛坯尺寸		$\phi 35 \times 85$			材料			45钢	

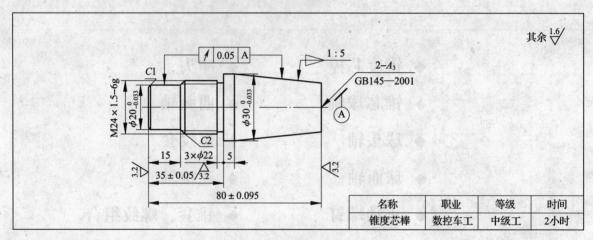

名称	职业	等级	时间
锥度芯棒	数控车工	中级工	2小时

数控车工中级工操作考件评分表

考件编号：_____ 总分：_____

考核项目	考核要求	配分	评分标准	检测结果		扣分	得分
				尺寸精度	粗糙度		
外圆	$\phi 20_{-0.033}^{0}$	12	超差0.01扣4分				
	$\phi 30_{-0.033}^{0}$	12	超差0.01扣4分				
锥度	锥度1:5$\left(\dfrac{\alpha}{2} \pm 3'\right)$	16	超差1′扣2分				
螺纹	$M24 \times 1.5 - 6g$	25	不合格无分				
长度	35±0.05	8	超差0.01扣2分				
	80±0.095	8	超差0.01扣2分				
其他	4项（IT12）	4	超差无分				
表面	$R_a1.6$（五处）	10	R_a值大1级无分				
形位公差	⌀ 0.05 A	5	超差0.01扣1分				
工艺、程序	工艺与程序的有关规定		违反规定扣总分1~5分				
规范操作	数控车床规范操作的有关规定		违反规定扣总分1~5分				
安全文明生产	安全文明生产的有关规定		违反规定扣总分1~50分				
备注	每处尺寸超差≥1mm酌情扣考件总分5~10分						

数控车工中级工工、量、刃具及毛坯准备清单

序号	名称	规格	精度	数量	序号	名称	规格	精度	数量
1	游标卡尺	0~150	0.02	1	11				
2	外径千分尺	0~25	0.01	1	12				
3	万能角度尺	0°~320°	2′	1	13				
4	半径样板	1~6.5		1	14				
5	外圆车刀	35°		1	15				
6	切断刀	t=3		1	16				
7	活扳手			1	17				
8	薄铜皮			若干	18				
9					19				
10					20				
毛坯尺寸		$\phi 20 \times 60$			材料		2A12 或 45 钢		

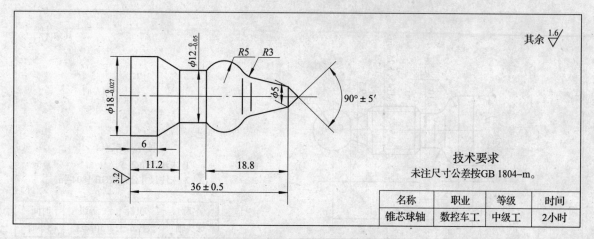

其余 $\sqrt{\dfrac{1.6}{}}$

技术要求
未注尺寸公差按 GB 1804-m。

名称	职业	等级	时间
锥芯球轴	数控车工	中级工	2小时

数控车工中级工操作考件评分表

考件编号：_____   总分：_____

考核项目	考核要求	配分	评分标准	检测结果		扣分	得分
				尺寸精度	粗糙度		
外圆	$\phi 12_{-0.05}^{0}$	10	超差 0.01 扣 5 分				
	$\phi 18_{-0.027}^{0}$	14	超差 0.01 扣 4 分				
圆弧	R3	4	不合格无分				
	R5	8	不合格无分				
	转接圆滑	8	不圆滑无分				
锥芯	$\phi 5$	5	超差无分				
	90°±5′	18	超差 1′扣 3 分				
长度	36±0.5	6	超差 0.1 扣 2 分				
	6、11.2、18.8	6	超差无分				
表面	R_a1.6 (七处)	21	R_a 值大 1 级无分				
工艺、程序	工艺与程序的有关规定		违反规定扣总分 1~5 分				
规范操作	数控车床规范操作的有关规定		违反规定扣总分 1~5 分				
安全文明生产	安全文明生产的有关规定		违反规定扣总分 1~50 分				
备注	每处尺寸超差≥1mm 酌情扣考件总分 5~10 分						

数控车工中级工工、量、刃具及毛坯准备清单

序号	名称	规格	精度	数量	序号	名称	规格	精度	数量
1	游标卡尺	0～150	0.02	1	11				
2	外径千分尺	0～25	0.01	1	12				
3	螺纹千分尺	0～25	0.01	1	13				
4	螺距规	米制		1	14				
5	中心规	60°		1	15				
6	半径样板	1～6.5		1	16				
7	外圆车刀	35°		1	17				
8	切断刀	$t=3$		1	18				
9	螺纹车刀	60°		1	19				
10	活扳手			1	20				
毛 坯 尺 寸		$\phi 22 \times 60$			材料		2A12 或 45 钢		

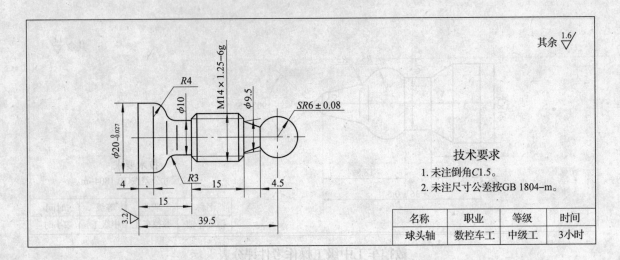

其余 $\sqrt{\dfrac{1.6}{}}$

技术要求

1. 未注倒角C1.5。
2. 未注尺寸公差按GB 1804–m。

名称	职业	等级	时间
球头轴	数控车工	中级工	3小时

数控车工中级工操作考件评分表

考件编号：_____　　　　　　　　　　　　　　总分：_____

考核项目	考核要求	配分	评分标准	检测结果		扣分	得分
				尺寸精度	粗糙度		
外圆	$\phi 20_{-0.027}^{0}$	14	超差0.01扣4分				
螺纹	M14×1.25–6g	20	不合格无分				
圆弧	R3	4	不合格无分				
	R4	6	不合格无分				
	转接圆滑	6	不圆滑无分				
球面	SR6±0.08	18	超差0.01扣6分				
圆锥	$\phi 9.5$	3	超差无分				
	4.5	3	超差无分				
其他	5项（IT12）	10	超差无分				
表面	$R_a 1.6$（八处）	16	R_a值大1级无分				
工艺、程序	工艺与程序的有关规定		违反规定扣总分1～5分				
规范操作	数控车床规范操作的有关规定		违反规定扣总分1～5分				
安全文明生产	安全文明生产的有关规定		违反规定扣总分1～50分				
备注			每处尺寸超差≥1mm酌情扣考件总分5～10分				

数控车工中级工工、量、刃具及毛坯准备清单

序号	名称	规格	精度	数量	序号	名称	规格	精度	数量
1	游标卡尺	0～150	0.02	1	11	带柄钻夹头			1
2	外径千分尺	0～25、25～50	0.01	各1	12	中心钻	A_3		1
3	螺纹千分尺	0～25	0.01	1	13	活扳手			1
4	万能角度尺	0°～320°	2′	1	14	鸡心夹头			1
5	螺距规	米制		1	15	活顶尖			1
6	中心规	60°		1	16	薄铜皮			若干
7	半径样板	15～25		1	17				
8	外圆车刀	35°、90°		各1	18				
9	切断刀	$t=3$		1	19				
10	螺纹车刀	60°		1	20				
毛坯尺寸		$\phi40\times82$		材料			45钢		

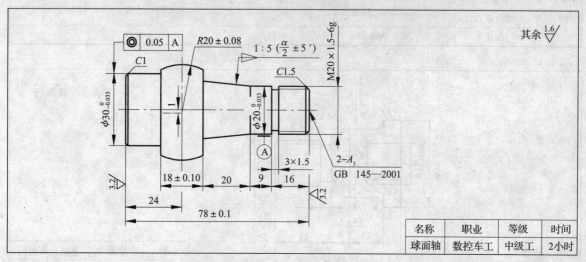

名称	职业	等级	时间
球面轴	数控车工	中级工	2小时

数控车工中级工操作考件评分表

考件编号：＿＿＿＿＿＿　　　　　　　　　　　　　　　　　　　　　　总分：＿＿＿＿＿＿

考核项目	考核要求	配分	评分标准	检测结果		扣分	得分
				尺寸精度	粗糙度		
外圆	$\phi20_{-0.033}^{0}$	6	超差0.01扣2分				
	$\phi30_{-0.033}^{0}$	6	超差0.01扣2分				
圆弧	$R20\pm0.08$	16	超差0.01扣4分				
	18 ± 0.10	6	超差0.02扣1分				
圆锥	锥度$1:5\left(\dfrac{\alpha}{2}\pm5'\right)$	10	超差1′扣2分				
	20	4	超差无分				
螺纹	$M20\times1.5-6g$	16	不合格无分				
	16	4	超差无分				
长度	78 ± 0.1	6	超差0.02扣1分				
其他	5项（IT12）	5	超差无分				
表面	$R_a1.6$（八处）	16	R_a值大1级无分				
形位公差	◎ 0.05 A	5	超差0.01扣1分				
工艺、程序	工艺与程序的有关规定		违反规定扣总分1～5分				
规范操作	数控车床规范操作的有关规定		违反规定扣总分1～5分				
安全文明生产	安全文明生产的有关规定		违反规定扣总分1～50分				
备注	每处尺寸超差≥1mm酌情扣考件总分5～10分						

数控车工中级工工、量、刃具及毛坯准备清单

序号	名称	规格	精度	数量	序号	名称	规格	精度	数量
1	游标卡尺	0～150	0.02	1	11	内孔车刀	90°		1
2	外径千分尺	0～25、25～50	0.01	各1	12	中心钻	A_3		1
3	螺纹千分尺	0～25	0.01	1	13	钻头	$\phi16$		1
4	内径百分表	10～18	0.01	1	14	莫氏变径套			1套
5	螺距规	米制		1	15	活扳手			1
6	中心规	60°		1	16	带柄钻夹头			1
7	半径样板	1～6.5		1	17	活顶尖			1
8	外圆车刀	35°		1	18	薄铜皮			若干
9	切断刀	$t=3$		1	19				
10	螺纹车刀	60°		1	20				
毛坯尺寸		$\phi40\times60$			材料		45钢		

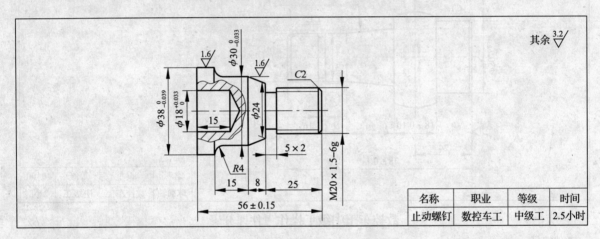

名称	职业	等级	时间
止动螺钉	数控车工	中级工	2.5小时

数控车工中级工操作考件评分表

考件编号：_____　　　　　　　　　　　　　　　　总分：_____

考核项目	考核要求	配分	评分标准	检测结果		扣分	得分
				尺寸精度	粗糙度		
外圆	$\phi30_{-0.033}^{0}$	8	超差0.01扣2分				
	$\phi38_{-0.039}^{0}$	8	超差0.01扣2分				
内孔	$\phi18_{0}^{+0.033}$	20	超差0.01扣4分				
螺纹	$M20\times1.5-6g$	22	不合格无分				
	25	5	超差无分				
圆弧	$R4$	8	不合格无分				
长度	56 ± 0.15	10	超差0.01扣2分				
其他	5项（IT12）	5	超差无分				
表面	$R_a1.6$（二处）	6	R_a值大1级无分				
	$R_a3.2$（八处）	8	R_a值大1级无分				
工艺、程序	工艺与程序的有关规定		违反规定扣总分1～5分				
规范操作	数控车床规范操作的有关规定		违反规定扣总分1～5分				
安全文明生产	安全文明生产的有关规定		违反规定扣总分1～50分				
备注			每处尺寸超差≥1mm酌情扣考件总分5～10分				

数控车工中级工工、量、刃具及毛坯准备清单

序号	名称	规格	精度	数量	序号	名称	规格	精度	数量
1	游标卡尺	0～150	0.02	1	11	莫氏变径套	2#、3#、4#		各1
2	外径千分尺	0～25、25～50	0.01	各1	12	外圆车刀	35°、45°、90°		各1
3	螺纹千分尺	25～50	0.01	1	13	切断刀	$t=4$		1
4	内径百分表	18～35	0.01	1	14	内、外螺纹车刀	60°		各1
5	螺距规	米制		1副	15	通孔车刀	45°		1
6	中心规	60°		1	16	盲孔车刀	90°		1
7	深度游标卡尺	0～200	0.02	1	17	内沟槽车刀	$t=3$		1
8	螺纹塞规	M27×1.5		1	18	中心钻及钻夹头			各1
9	半径样板	7～14.5		1副	19	鸡心夹头及活扳手			各1
10	锥柄麻花钻	$\phi16$		1	20				
毛坯尺寸		$\phi50×120$		材料			45钢		

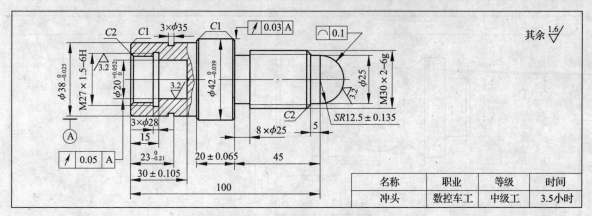

名称	职业	等级	时间
冲头	数控车工	中级工	3.5小时

数控车工中级工操作考件评分表

考件编号：＿＿＿＿＿＿＿＿　　　　　　　　　　　　　　　　总分：＿＿＿＿＿＿＿＿

考核项目	考核要求	配分	评分标准	检测结果		扣分	得分
				尺寸精度	粗糙度		
外圆	$\phi38_{-0.025}^{\ 0}$	6	超差0.01扣4分				
	$\phi42_{-0.039}^{\ 0}$	3	超差无分				
内孔	$\phi20_{\ 0}^{+0.052}$	6	超差无分				
内螺纹	M27×1.5－6H	14	不合格无分				
螺纹	$\phi30_{-0.318}^{-0.038}$	10	不合格无分				
	$\phi28.701_{-0.208}^{-0.038}$						
	60°、$P=2$						
球面	$SR12.5±0.135$	12	超差0.01扣6分				
长度	20±0.065	2	超差无分				
	$23_{-0.21}^{\ 0}$	3	超差无分				
	30±0.105	3	超差无分				
其他	11项（IT12）	11	超差无分				
表面	$R_a1.6$（四处），$R_a3.2$（二处）	10	R_a值大1级扣1.5分				
形位公差	⊿ 0.03 A	5	超差0.01扣2分				
	⊿ 0.05 A	4	超差0.01扣2分				
	⌒ 0.1	8	超差0.01扣3分				
工艺、程序	工艺与程序的有关规定		违反规定扣总分1～5分				
规范操作	数控车床规范操作的有关规定		违反规定扣总分1～5分				
安全文明生产	安全文明生产的有关规定		违反规定扣总分1～50分				
备注			每处尺寸超差≥1mm酌情扣考件总分5～10分				

数控车工中级工工、量、刃具及毛坯准备清单

序号	名称	规格	精度	数量	序号	名称	规格	精度	数量
1	游标卡尺	0~150	0.02	1	11	带柄钻夹头			1
2	外径千分尺	0~25、25~50	0.01	各1	12	中心钻	A_3		1
3	螺纹千分尺	0~25	0.01	1	13	活扳手			1
4	万能角度尺	0°~320°	2′	1	14	鸡心夹头			1
5	螺距规	米制		1	15	活顶尖			1
6	中心规	60°		1	16	薄铜皮			若干
7	半径样板	7~14.5、15~25		各1	17				
8	外圆车刀	35°、90°		各1	18				
9	切断刀	$t=4$		1	19				
10	螺纹车刀	60°		1	20				
毛坯尺寸		$\phi40\times80$			材料			45钢	

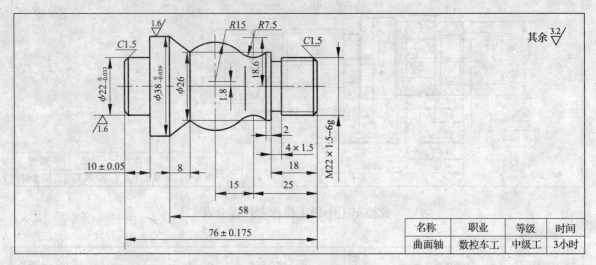

名称	职业	等级	时间
曲面轴	数控车工	中级工	3小时

数控车工中级工操作考件评分表

考件编号：_____ 总分：_____

考核项目	考核要求	配分	评分标准	检测结果		扣分	得分
				尺寸精度	粗糙度		
外圆	$\phi22_{-0.033}^{0}$	8	超差0.01扣2分				
	$\phi38_{-0.039}^{0}$	6	超差0.01扣2分				
圆弧	R15	15	不合格无分				
	R7.5	8	不合格无分				
	转接圆滑	8	不圆滑无分				
螺纹	M22×1.5－6g	20	不合格无分				
	18	3	超差无分				
长度	10±0.05	5	超差0.01扣1分				
	76±0.175	5	超差0.01扣1分				
其他	8项（IT12）	8	超差无分				
表面	R_a1.6（二处）	4	R_a值大1级无分				
	R_a3.2（十处）	10	R_a值大1级无分				
工艺、程序	工艺与程序的有关规定		违反规定扣总分1~5分				
规范操作	数控车床规范操作的有关规定		违反规定扣总分1~5分				
安全文明生产	安全文明生产的有关规定		违反规定扣总分1~50分				
备注			每处尺寸超差≥1mm酌情扣考件总分5~10分				

数控车工中级工工、量、刃具及毛坯准备清单

序号	名称	规格	精度	数量	序号	名称	规格	精度	数量
1	游标卡尺	0~150	0.02	1	11	内孔车刀	90°		1
2	外径千分尺	50~75、25~50	0.01	各1	12	中心钻	A_3		1
3	螺纹环规	M56×1.5	6g	1	13	麻花钻	$\phi16$、$\phi30$		各1
4	内径百分表	18~35	0.01	1	14	莫氏变径套			1套
5	螺距规	米制		1	15	带柄钻夹头			1
6	中心规	60°		1	16	活扳手			1
7	半径样板	1~6.5		1	17	万能角度尺	0°~320°	2′	1
8	外圆车刀	35°		1	18	薄铜皮			若干
9	切断刀	$t=3$		1	19				
10	螺纹车刀	60°		1	20				
毛坯尺寸		$\phi60×45$			材料		45钢		

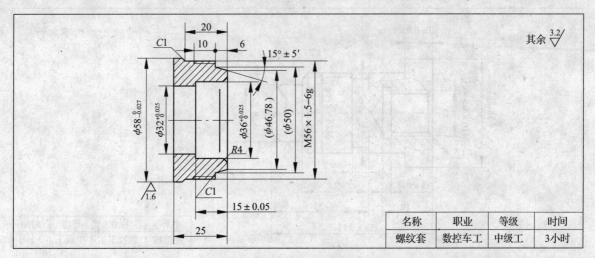

名称	职业	等级	时间
螺纹套	数控车工	中级工	3小时

数控车工中级工操作考件评分表

考件编号：_____　　　　　　　　　　　　　　　　　总分：_____

考核项目	考核要求	配分	评分标准	检测结果		扣分	得分
				尺寸精度	粗糙度		
外圆	$\phi58_{-0.027}^{0}$	8	超差0.01扣2分				
内孔	$\phi32_{0}^{+0.025}$	11	超差0.01扣2分				
	$\phi36_{0}^{+0.025}$	12	超差0.01扣2分				
	15±0.05	10	超差0.01扣1分				
圆弧	$R4$	8	不合格无分				
螺纹	M56×1.5-6g	20	不合格无分				
	10	5	超差无分				
角度	15°±5′	10	超差1′扣1分				
	6	2	超差无分				
其他	4项（IT12）	4	超差无分				
表面	$R_a1.6$（一处）	2	R_a值大1级无分				
	$R_a3.2$（八处）	8	R_a值大1级无分				
工艺、程序	工艺与程序的有关规定		违反规定扣总分1~5分				
规范操作	数控车床规范操作的有关规定		违反规定扣总分1~5分				
安全文明生产	安全文明生产的有关规定		违反规定扣总分1~50分				
备注			每处尺寸超差≥1mm酌情扣考件总分5~10分				

数控车工中级工工、量、刃具及毛坯准备清单

序号	名称	规格	精度	数量	序号	名称	规格	精度	数量
1	游标卡尺	0~150	0.02	1	11	内孔车刀	90°		1
2	外径千分尺	0~25、25~50	0.01	各1	12	内沟槽车刀	t=3		1
3	螺纹千分尺	25~50	0.01	1	13	内螺纹车刀	60°		1
4	螺纹塞规	M16×1.5	6H	1	14	莫氏变径套			1套
5	螺距规	米制		1	15	带柄钻夹头			1
6	中心规	60°		1	16	中心钻			1
7	半径样板	1~6.5		1	17	麻花钻	φ13		1
8	外圆车刀	35°、90°		各1	18	活顶尖			1
9	切断刀	t=4		1	19	活扳手			1
10	螺纹车刀	60°		1	20	薄铜皮			若干
毛坯尺寸		φ40×63			材料		45钢		

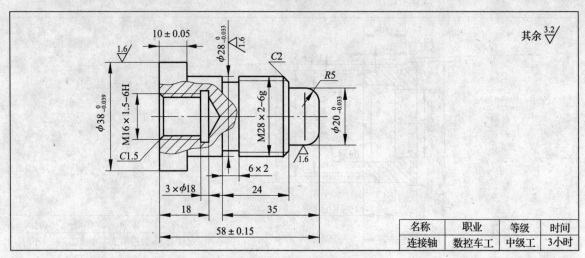

名称	职业	等级	时间
连接轴	数控车工	中级工	3小时

数控车工中级工操作考件评分表

考件编号：_____　　　　　　　　　　　　总分：_____

考核项目	考核要求	配分	评分标准	检测结果 尺寸精度	检测结果 粗糙度	扣分	得分
外圆	$\phi20^{0}_{-0.033}$	5	超差0.01扣2分				
	$\phi38^{0}_{-0.039}$	5	超差0.01扣2分				
	$\phi28^{0}_{-0.033}$	5	超差0.01扣2分				
螺纹	M28×2-6g	15	不合格无分				
	24	3	超差无分				
内螺纹	M16×1.5-6H	23	不合格无分				
	18	6	超差无分				
圆弧	R5	5	不合格无分				
	转接圆滑	6	不圆滑无分				
长度	10±0.05，58±0.15	6	超差0.01扣1分				
其他	5项（IT12）	5	超差无分				
表面	R_a1.6（三处）	6	R_a值大1级无分				
	R_a3.2（十处）	10	R_a值大1级无分				
工艺、程序	工艺与程序的有关规定		违反规定扣总分1~5分				
规范操作	数控车床规范操作的有关规定		违反规定扣总分1~5分				
安全文明生产	安全文明生产的有关规定		违反规定扣总分1~50分				
备注			每处尺寸超差≥1mm酌情扣考件总分5~10分				

数控车工中级工工、量、刃具及毛坯准备清单

序号	名称	规格	精度	数量	序号	名称	规格	精度	数量
1	游标卡尺	0~150	0.02	1	11	内孔车刀	90°（φ14~φ20）		各1
2	外径千分尺	0~25、25~50	0.01	各1	12	百分表及磁性表座	0~10	0.01	各1
3	螺纹千分尺	0~25	0.01	1	13	内径百分表	18~35	0.01	1
4	万能角度尺	0°~320°	2′	1	14	中心钻及钻夹头			各1
5	螺距规	米制		1	15	麻花钻	φ13、φ18、φ20		各1
6	中心规	60°		1	16	莫氏变径套			1套
7	半径样板	1~6.5、7~14.5		各1	17	鸡心夹头、活顶尖			各1
8	外圆车刀	35°、90°		各1	18	塞尺	0.02~0.5		1
9	切断刀	$t=3$		1	19	活扳手			1
10	内、外螺纹车刀	60°		各1	20	薄铜皮			若干
毛坯尺寸		$\phi45\times140$			材料			45钢	

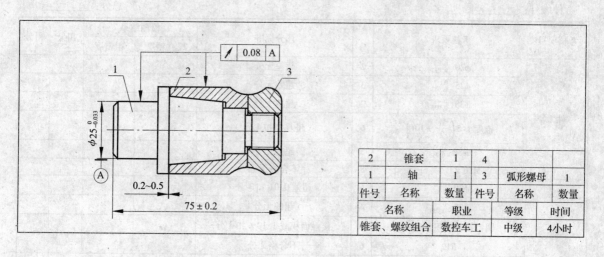

2	锥套	1	4		
1	轴	1	3	弧形螺母	1
件号	名称	数量	件号	名称	数量
名称		职业		等级	时间
锥套、螺纹组合		数控车工		中级	4小时

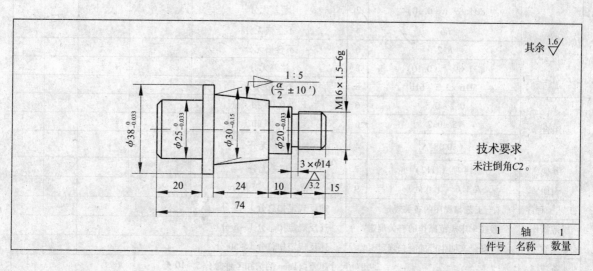

技术要求

未注倒角C2。

1	轴	1
件号	名称	数量

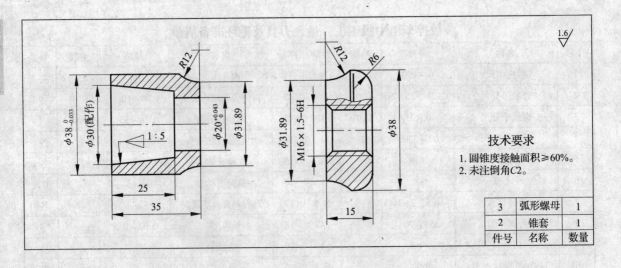

技术要求

1. 圆锥度接触面积≥60%。
2. 未注倒角C2。

3	弧形螺母	1
2	锥套	1
件号	名称	数量

数控车工中级工操作考件评分表

考件编号：_____　　　　　　　　　　　　　　　　总分：_____

考核项目	考核要求	配分	评分标准	检测结果		扣分	得分
				尺寸精度	粗糙度		
件1	$\phi20_{-0.033}^{0}$	2	超差无分				
	$\phi25_{-0.033}^{0}$	3	超差无分				
	$\phi38_{-0.033}^{0}$	2	超差无分				
	锥度$1:5\left(\frac{\alpha}{2}\pm10'\right)$	6	超差1′扣4分				
	$\phi30_{-0.15}^{0}$	3	超差无分				
	$M16\times1.5-6g$	8	不合格无分				
件2	$\phi20_{0}^{+0.043}$	6	超差0.01扣3分				
	$\phi38_{-0.033}^{0}$	4	超差无分				
	圆锥接触面积≥60%	6	接触面积减少10%扣4分				
	$R12$	6	不合格无分				
	$\phi31.89$（±0.10）	2	超差无分				
件3	$R6$	4	不合格无分				
	$R12$	6	不合格无分				
	$\phi31.89$（±0.10）	2	超差无分				
	$M16\times1.5-6H$	8	不合格无分				
组合	$0.2\sim0.5$	6	超差0.05扣3分				
	75 ± 0.2	6	超差0.05扣3分				
	⟋ 0.08 A	4	超差无分				
其他	14项（IT12）	7	超差无分				
表面	$R_a1.6$（十八处）	9	R_a值大1级无分				
工艺、程序	工艺与程序的有关规定		违反规定扣总分1~5分				
规范操作	数控车床规范操作的有关规定		违反规定扣总分1~5分				
安全文明生产	安全文明生产的有关规定		违反规定扣总分1~50分				
备注			每处尺寸超差≥1mm酌情扣考件总分5~10分				

数控车工 高级工
操作试题

- ◆ 曲面椭圆轴
- ◆ 调节手柄
- ◆ 正切曲线轴
- ◆ 圆锥、圆弧对配
- ◆ 双向锥套、螺纹组合
- ◆ 球面、锥套三组合
- ◆ 球面、锥螺纹对配
- ◆ 内球、螺纹组合
- ◆ 圆锥、螺纹、椭圆套
- ◆ 锥度、椭圆组合

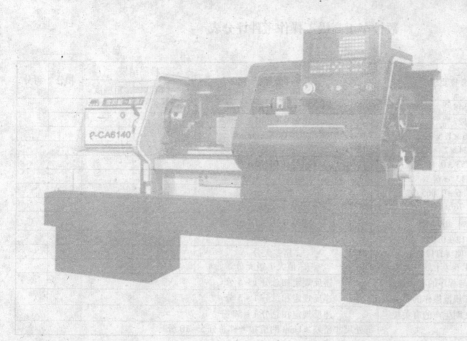

数控车工高级工工、量、刃具及毛坯准备清单

序号	名称	规格	精度	数量	序号	名称	规格	精度	数量
1	游标卡尺	0~200	0.02	1	11	外圆车刀	35°、90°		各1
2	外径千分尺	25~50	0.01	1	12	内孔车刀	90°		1
3	螺纹千分尺	25~50	0.01	1	13	内、外螺纹车刀	60°		各1
4	螺纹塞规	M24×2	6G	1	14	麻花钻	φ18		1
5	万能角度尺	0°~320°	2'	1	15	中心钻及钻夹头			各1
6	半径样板	R53		1	16	莫氏变径套			1套
7	椭圆样板	76×44		1	17	切断刀			1
8	内测千分尺	25~50	0.01	1	18	内沟槽刀	t=50(φ18×45)		1
9	中心规	60°		1	19	活顶尖、活扳手			各1
10	螺距规	米制		1	20	薄铜皮			若干
毛坯尺寸		φ50×115			材料		45钢		

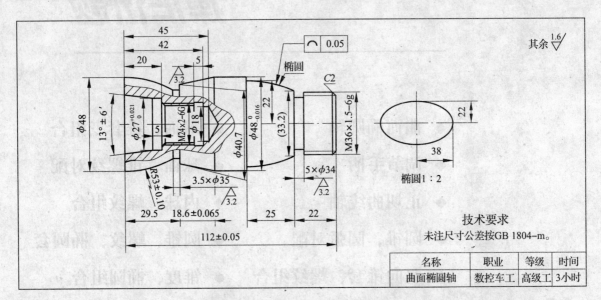

其余 $\sqrt{\dfrac{1.6}{}}$

椭圆 1:2

技术要求

未注尺寸公差按GB 1804-m。

名称	职业	等级	时间
曲面椭圆轴	数控车工	高级工	3小时

数控车工高级工操作考件评分表

考件编号：_____   总分：_____

考核项目	考核要求	配分	评分标准	检测结果		扣分	得分
				尺寸精度	粗糙度		
外圆	$\phi 48^{\ 0}_{-0.016}$	4	超差0.01扣2分				
内孔	$\phi 27^{+0.021}_{\ 0}$	6	超差0.01扣3分				
螺纹	M36×1.5-6g	10	不合格无分				
内螺纹	M24×2-6G	12	不合格无分				
圆弧	R53±0.10	10	超差0.01扣5分				
内锥	13°±6'	8	超差1'扣4分				
长度	18.6±0.065	2	超差无分				
椭圆	76×44	10	形状不合格无分				
形位公差	$\frown$ 0.05	8	超差0.01扣4分				
总长	112±0.05	4	超差无分				
其他	16项（IT12)	16	超差无分				
表面	$R_a 1.6$（十处）	10	R_a值大1级无分				
工艺、程序	工艺与程序的有关规定		违反规定扣总分1~5分				
规范操作	数控车床规范操作的有关规定		违反规定扣总分1~5分				
安全文明生产	安全文明生产的有关规定		违反规定扣总分1~50分				
备注			每处尺寸超差≥1mm酌情扣考件总分5~10分				

数控车工高级工工、量、刃具及毛坯准备清单

序号	名称	规格	精度	数量	序号	名称	规格	精度	数量
1	游标卡尺	0～150、0～300	0.02	各1	11	外圆车刀	35°、90°		各1
2	深度游标尺	0～200	0.02	1	12	螺纹车刀	60°		1
3	外径千分尺	25～50	0.01	1	13	圆弧槽车刀	$R6^{+0.048}_{0}$		1
4	螺纹千分尺	25～50	0.01	1	14	圆弧 R 车刀	$R8$		1
5	万能角度尺	0°～320°	2′	1	15	切断刀			1
6	半径样板	1～6.5、15～25		各1	16	中心钻			1
7	中心规、螺距规	60°、米制		各1	17	带柄钻夹头			1
8	球面样板	R50		1	18	活顶尖			1
9	R 槽距样板	10±0.045		1	19	薄铜皮			若干
10	塞尺	0.02～0.5		1	20	鸡心夹头、活扳手			各1
毛 坯 尺 寸		$\phi65 \times 245$			材料		45 钢		

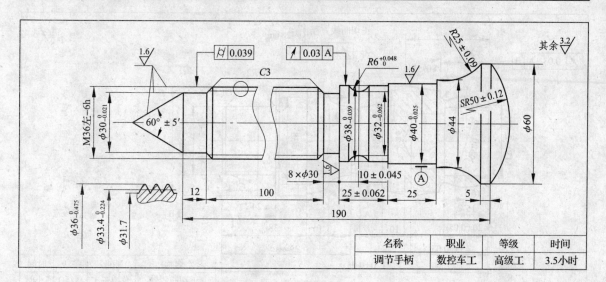

名称	职业	等级	时间
调节手柄	数控车工	高级工	3.5小时

数控车工高级工操作考件评分表

考件编号：_____　　　　　　　　　　　　　　　　总分：_____

考核项目	考核要求	配分	评分标准	检测结果		扣分	得分
				尺寸精度	粗糙度		
外圆	$\phi30^{\ 0}_{-0.021}$、$\phi40^{\ 0}_{-0.025}$	10	超差无分				
	$\phi38^{\ 0}_{-0.039}$	3	超差无分				
锥角	60°±5′	10	超差1′扣2分				
圆弧槽	$R6^{+0.048}_{0}$、10±0.045	4	超差无分				
	$\phi32^{\ 0}_{-0.062}$	4	超差无分				
螺纹	$\phi36^{\ 0}_{-0.475}$、$\phi33.4^{\ 0}_{-0.224}$ 60°、$P=4$	22	不合格不得分				
成形面	$R25±0.09$	8	超差无分				
	$SR50±0.12$	16	超差0.01扣4分				
长度	25±0.062	2	超差无分				
形位公差	⚡ 0.03 A	3	超差无分				
	⌖ 0.039	4	超差无分				
其他	9项（IT12）	9	超差无分				
表面	$R_a1.6$（五处）	5	R_a 值大1级扣1分				
工艺、程序	工艺与程序的有关规定		违反规定扣总分1～5分				
规范操作	数控车床规范操作的有关规定		违反规定扣总分1～5分				
安全文明生产	安全文明生产的有关规定		违反规定扣总分1～50分				
备注			每处尺寸超差≥1mm 酌情扣考件总分5～10分				

数控车工高级工工、量、刃具及毛坯准备清单

序号	名称	规格	精度	数量	序号	名称	规格	精度	数量
1	游标卡尺	0~200	0.02	1	11	内、外螺纹车刀	60°		各1
2	外径千分尺	0~25、25~50	0.01	各1	12	内孔车刀	90°（ϕ23×40）		1
3	深度千分尺	0~50	0.01	1	13	中心钻及钻夹头	A_3		各1
4	内径百分表	18~35	0.01	1	14	麻花钻	ϕ22		1
5	半径样板	1~6.5、14.5~25		各1	15	莫氏变径套			1套
6	螺纹千分尺	25~50	0.01	1	16	中心规、螺距规	60°、米制		各1
7	螺纹塞规	M30×2	6H	1	17	活顶尖、活扳手			各1
8	万能角度尺	0°~320°	2′	1	18	鸡心夹头			1
9	外圆车刀	35°、90°		各1	19	百分表及磁性表座	0~10	0.01	各1
10	切断刀	$t=4$		1	20				
毛坯尺寸		ϕ50×125			材料		45钢		

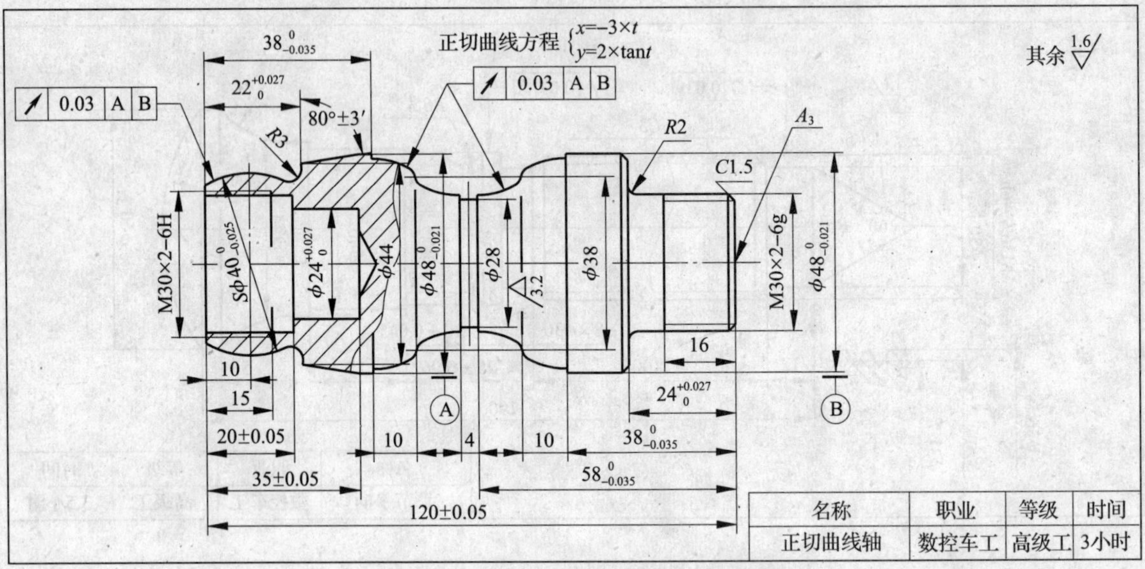

名称	职业	等级	时间
正切曲线轴	数控车工	高级工	3小时

数控车工高级工操作考件评分表

考件编号：______ 总分：______

考核项目	考核要求	配分	评分标准	检测结果 尺寸精度	检测结果 粗糙度	扣分	得分
外圆	$\phi48^{\ 0}_{-0.021}$（二处）	4	超差无分				
内孔	$\phi24^{+0.027}_{\ 0}$	4	超差无分				
螺纹	M30×2-6g	8	不合格无分				
	M30×2-6H	10	不合格无分				
曲线	正切曲线	12	不合格无分				
	$S\phi40^{\ 0}_{-0.025}$	10	超差0.01扣3分				
	$R2$、$R3$过渡圆滑	6	不合格或过渡不圆滑无分				
长度	$22^{+0.027}_{\ 0}$、$38^{\ 0}_{-0.035}$（二处）	9	超差无分				
	20±0.05、35±0.05	4	超差无分				
	$24^{+0.027}_{\ 0}$、$58^{\ 0}_{-0.035}$	4	超差无分				
	120±0.05	2、	超差无分				
斜角	80°±3′	6	超差1′扣3分				
形位公差	↗ 0.03 A B（二处）	6	超差无分				
其他	10项（IT12）	5	超差无分				
表面	R_a1.6（十处）	10	R_a值大1级无分				
工艺、程序	工艺与程序的有关规定		违反规定扣总分1~5分				
规范操作	数控车床规范操作的有关规定		违反规定扣总分1~5分				
安全文明生产	安全文明生产的有关规定		违反规定扣总分1~50分				
备注	每处尺寸超差≥1mm酌情扣考件总分5~10分						

数控车工高级工工、量、刃具及毛坯准备清单

序号	名称	规格	精度	数量	序号	名称	规格	精度	数量
1	游标卡尺	0~150	0.02	1	11	莫氏变径套			1套
2	外径千分尺	0~25、25~50	0.01	各1	12	麻花钻	$\phi18$、$\phi23$		各1
3	外径千分尺	50~75、75~100	0.01	各1	13	中心钻			1
4	万能角度尺	0°~320°	2′	1	14	钻夹头			1
5	塞尺	0.02~0.5		1	15	显示剂			若干
6	百分表及磁性表座	0~10	0.01	各1	16	薄铜皮			若干
7	半径样板	1~6.5、50		各1	17	活扳手			1
8	外圆车刀	35°、90°		各1	18	活顶尖			1
9	切断刀	$t=3$		1	19				
10	内孔车刀	35°、90°		各1	20				
毛 坯 尺 寸		$\phi45\times105$			材料		45钢或2A12		

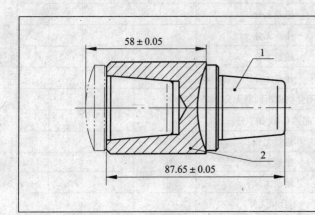

技术要求

1. 件1与件2圆锥着色接触面积≥70%。
2. 件1与件2圆弧着色接触面积≥60%。
3. 未注倒角C1。

1	圆弧锥销	1	2	圆锥套	1
件号	名称	数量	件号	名称	数量
名称		职业	等级		时间
圆锥、圆弧对配		数控车工	高级工		3小时

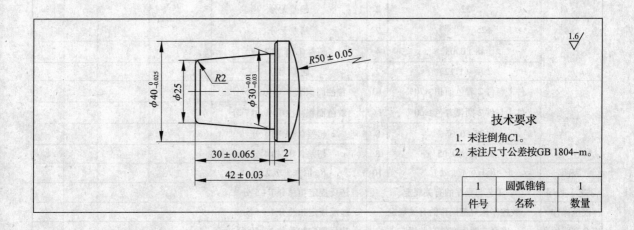

技术要求

1. 未注倒角C1。
2. 未注尺寸公差按GB 1804-m。

1	圆弧锥销	1
件号	名称	数量

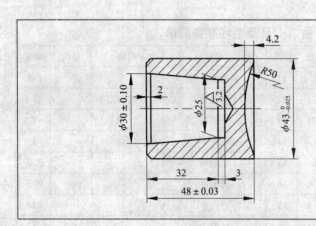

其余 $\sqrt{\dfrac{1.6}{}}$

技术要求

1. 未注倒角C1。
2. 未注尺寸公差按GB 1804–m。

2	圆锥套	1
件号	名称	数量

数控车工高级工操作考件评分表

考件编号：_____   总分：_____

考核项目	考核要求	配分	评分标准	检测结果		扣分	得分
				尺寸精度	粗糙度		
件1	$\phi 40_{-0.025}^{\ 0}$	2	超差无分				
	$\phi 30_{-0.03}^{-0.01}$	4	超差无分				
	30 ± 0.065	4	超差无分				
	$\phi 25$（± 0.10）	1	超差无分				
	$R2$	2	R不合格或不圆滑无分				
	$R50 \pm 0.05$	8	超差0.01扣2分				
	42 ± 0.03	4	超差无分				
	1项（TI12）	1	超差无分				
件2	$\phi 43_{-0.025}^{\ 0}$	4	超差无分				
	$R50$	4	不合格无分				
	4.2（± 0.1）	2	超差无分				
	$\phi 30 \pm 0.10$	4	超差无分				
	32	2	超差无分				
	$\phi 25$（$_{0}^{+0.20}$）	2	超差无分				
	48 ± 0.03	4	超差0.01扣2分				
	2项（IT12）	2	超差无分				
组合	件1与件2着色面积≥70%	10	着色面积减少10%扣5分				
	件1与件2圆弧着色≥60%	14	着色面积减少10%扣7分				
	58 ± 0.05	8	超差0.01扣4分				
	87.65 ± 0.05	8	超差0.01扣4分				
表面	$R_a 1.6$（十处）	10	R_a值大1级无分				
工艺、程序	工艺与程序的有关规定		违反规定扣总分1~5分				
规范操作	数控车床规范操作的有关规定		违反规定扣总分1~5分				
安全文明生产	安全文明生产的有关规定		违反规定扣总分1~50分				
备注	每处尺寸超差≥1mm酌情扣考件总分5~10分						

数控车工高级工工、量、刃具及毛坯准备清单

序号	名称	规格	精度	数量	序号	名称	规格	精度	数量
1	游标卡尺	0～150	0.02	1	11	内孔车刀	90°		1
2	外径千分尺	0～25、25～50	0.01	各1	12	内沟槽车刀	t=4		1
3	螺纹千分尺	0～25	0.01	1	13	麻花钻	$\phi18$、$\phi30$		各1
4	万能角度尺	0°～320°	2′	1	14	莫氏变径套			1套
5	螺距规	米制		1	15	中心钻及钻夹头			各1
6	中心规	60°		1	16	活顶尖、活扳手			各1
7	内径百分表	18～35	0.01	1	17	显示剂、薄铜皮			若干
8	外圆车刀	35°、90°		各1	18	塞尺	0.02～0.5		1
9	切断刀	t=4		1	19				
10	内、外螺纹车刀	60°		各1	20				
毛坯尺寸		$\phi45\times150$			材料		45钢		

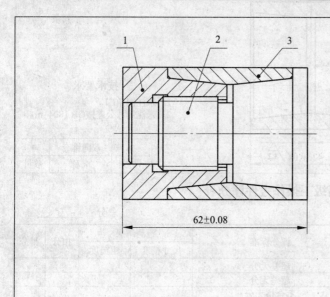

技术要求

1. 件3与件1和件2端面间隙≤0.05mm。
2. 两处锥面接触面积≥70%。

62±0.08

2	轴	1	4		
1	螺纹锥套	1	3	双向锥套	1
件号	名称	数量	件号	名称	数量
名称		职业		等级	时间
双向锥套、螺纹组合		数控车工		高级工	3小时

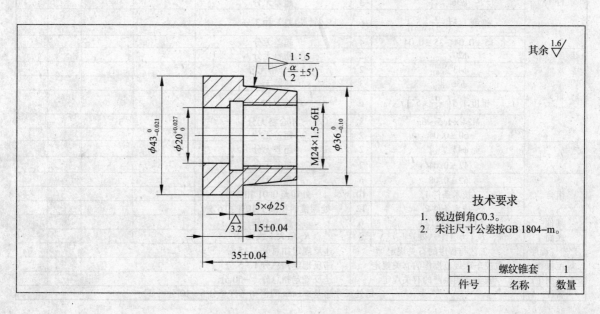

其余 $\sqrt{1.6}$

1:5 $\left(\dfrac{\alpha}{2}\pm5'\right)$

$\phi43^{\ 0}_{-0.021}$ $\phi20^{+0.027}_{\ \ 0}$ M24×1.5-6H $\phi36^{\ 0}_{-0.10}$

5×ϕ25

3.2

15±0.04

35±0.04

技术要求

1. 锐边倒角C0.3。
2. 未注尺寸公差按GB 1804-m。

1	螺纹锥套	1
件号	名称	数量

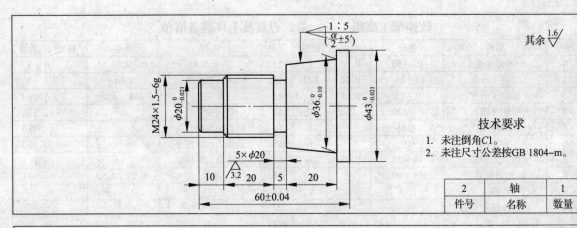

技术要求
1. 未注倒角C1。
2. 未注尺寸公差按GB 1804—m。

2	轴	1
件号	名称	数量

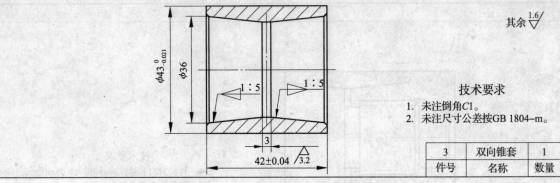

技术要求
1. 未注倒角C1。
2. 未注尺寸公差按GB 1804—m。

3	双向锥套	1
件号	名称	数量

数控车工高级工操作考件评分表

考件编号：_____　　　　　　　　　　　　　　　　　　　　　　总分：_____

考核项目	考核要求	配分	评分标准	检测结果		扣分	得分
				尺寸精度	粗糙度		
件1	$\phi20^{+0.027}_{0}$	5	超差无分				
	$\phi43^{0}_{-0.021}$	3	超差无分				
	$M24 \times 1.5 - 6H$	10	不合格无分				
	$\phi36^{0}_{-0.10}$	3	超差无分				
	锥度$1:5\left(\dfrac{\alpha}{2}\pm5'\right)$	6	超差1′扣3分				
	15 ± 0.04，35 ± 0.04	4	超差无分				
件2	$\phi20^{0}_{-0.021}$	2	超差无分				
	$\phi43^{0}_{-0.021}$	2	不合格无分				
	$\phi36^{0}_{-0.10}$	3	超差无分				
	锥度$1:5\left(\dfrac{\alpha}{2}\pm5'\right)$	6	超差1′扣3分				
	$M24\times1.5 - 6g$	8	不合格无分				
	60 ± 0.04	2	超差无分				
件3	$\phi43^{0}_{-0.021}$	2	超差无分				
	42 ± 0.04	2	超差无分				
组合	62 ± 0.08	6	超差无分				
	技术条件1	10	一处超差0.01扣2分				
	技术条件2	12	一处圆锥面积减少10%扣6分				
其他	12项（IT12）	6	超差无分				
表面	$R_a1.6$（十六处）	8	R_a值大1级无分				
工艺、程序	工艺与程序的有关规定		违反规定扣总分1~5分				
规范操作	数控车床规范操作的有关规定		违反规定扣总分1~5分				
安全文明生产	安全文明生产的有关规定		违反规定扣总分1~50分				
备注			每处尺寸超差≥1mm酌情扣考件总分5~10分				

数控车工高级工工、量、刃具及毛坯准备清单

序号	名称	规格	精度	数量	序号	名称	规格	精度	数量
1	游标卡尺	0~150	0.02	1	11	内孔车刀	90°（$\phi14\times20$）		1
2	外径千分尺	0~25、25~50	0.01	各1	12	内沟槽车刀	$t=4$（$\phi14\times25$）		1
3	螺纹千分尺	0~25	0.01	1	13	莫氏变径套			1套
4	万能角度尺	0°~320°	2′	1	14	麻花钻	$\phi13$、$\phi18$		各1
5	螺距规	米制		1	15	中心钻及钻夹头			各1
6	中心规	60°		1	16	百分表、磁性表座	0~10	0.01	各1
7	半径样板	15~25		1	17	内径百分表	18~35	0.01	1
8	外圆车刀	35°、90°		各1	18	塞尺	0.02~0.5		1
9	切断刀	$t=4$		1	19	活扳手、活顶尖			各1
10	内、外螺纹车刀	60°		各1	20	显示剂、薄铜皮			若干
毛坯尺寸		$\phi40\times142$		材料			45钢		

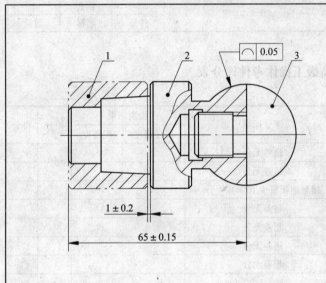

技术要求

1. 件1与件2锥体着色接触面积≥70%。
2. 未注倒角C1，锐边倒角C0.3。
3. 不允许使用砂布抛光。

2	半球轴	1	4		
1	锥套	1	3	球塞	1
件号	名称	数量	件号	名称	数量
名称		职业		等级	时间
球面、锥套三组合		数控车工		高级工	4小时

其余 $\sqrt{\dfrac{1.6}{}}$

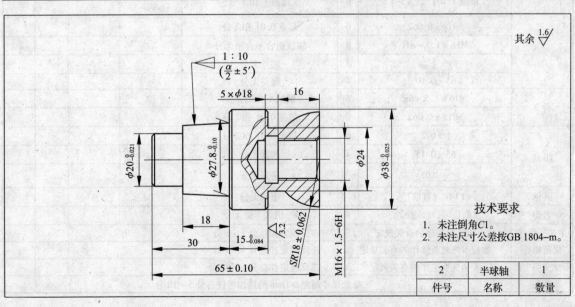

技术要求

1. 未注倒角C1。
2. 未注尺寸公差按GB 1804-m。

2	半球轴	1
件号	名称	数量

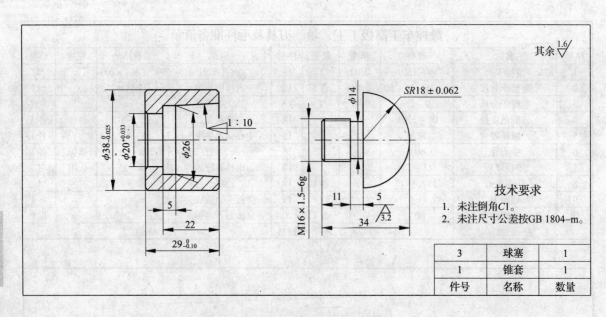

技术要求

1. 未注倒角C1。
2. 未注尺寸公差按GB 1804-m。

3	球塞	1
1	锥套	1
件号	名称	数量

数控车工高级工操作考件评分表

考件编号：_____   总分：_____

考核项目	考核要求	配分	评分标准	检测结果		扣分	得分
				尺寸精度	粗糙度		
件1	$\phi 38_{-0.025}^{0}$	3	超差无分				
	$\phi 20_{0}^{+0.033}$	5	超差无分				
	圆锥着色接触面积≥70%	8	接触面积减少10%扣4分				
	$29_{-0.10}^{0}$	2	超差无分				
件2	$\phi 20_{-0.021}^{0}$	4	超差无分				
	$\phi 38_{-0.025}^{0}$	3	超差无分				
	$\phi 27.8_{-0.10}^{0}$	4	超差无分				
	锥度$1:10\left(\frac{\alpha}{2}\pm 5'\right)$	6	超差1'扣3分				
	$SR18\pm 0.062$	6	超差0.01扣2分				
	M16×1.5-6H	8	螺纹组合不合格无分				
	$15_{-0.084}^{0}$	2	超差无分				
	65 ± 0.10	4	超差无分				
件3	M16×1.5-6g	8	螺纹不合格无分				
	$SR18\pm 0.062$	6	超差0.01扣2分				
组合	1 ± 0.2	6	超差0.01扣2分				
	65 ± 0.15	4	超差无分				
	⌒ 0.05	6.5	超差无分				
其他	13项（IT12）	6.5	超差无分				
表面	$R_a1.6$（十六处）	8	R_a值大1级无分				
工艺、程序	工艺与程序的有关规定		违反规定扣总分1~5分				
规范操作	数控车床规范操作的有关规定		违反规定扣总分1~5分				
安全文明生产	安全文明生产的有关规定		违反规定扣总分1~50分				
备注			每处尺寸超差≥1mm酌情扣考件总分5~10分				

高级工　球面、锥套三组合

数控车工高级工工、量、刃具及毛坯准备清单

序号	名称	规格	精度	数量	序号	名称	规格	精度	数量
1	游标卡尺	0～150	0.02	1	11	外圆车刀	35°、90°		各1
2	外径千分尺	0～25、25～50	0.01	各1	12	切断刀			1
3	内径百分表	18～35	0.01	1	13	内、外螺纹车刀	55°		各1
4	万能角度尺	0°～320°	2′	1	14	内孔车刀	35°、45°、90°		各1
5	半径样板	7～14.5		1	15	活顶尖			1
6	中心规、螺距规	55°、英制		各1	16	中心钻			1
7	带柄钻夹头			1	17	显示剂			若干
8	莫氏变径套	2#、3#、4#		各1	18	活扳手			1
9	麻花钻	$\phi15$、$\phi19$、$\phi23.3$		各1	19	薄铜皮			若干
10	量针	$\phi1.008$		1套	20				
毛坯尺寸		$\phi35\times78$、$\phi45\times84$			材料		45钢		

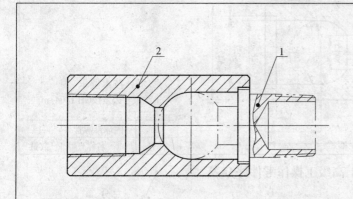

技术要求

1. 球形头部不允许留中心孔。
2. 外球面与内球面着色对配，着色接触面积≥65%。
3. 内、外锥面管螺纹在基面对配。

1	球头锥螺纹	1	2	内球锥螺管	1
件号	名称	数量	件号	名称	数量
名称		职业	等级		时间
球面、锥螺纹对配		数控车工	高级工		4小时

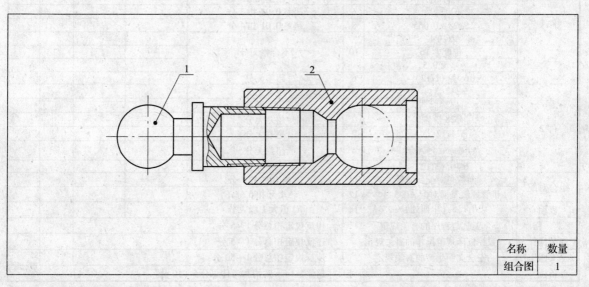

名称	数量
组合图	1

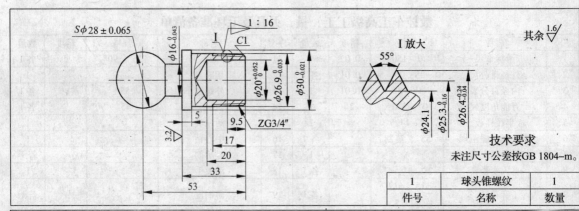

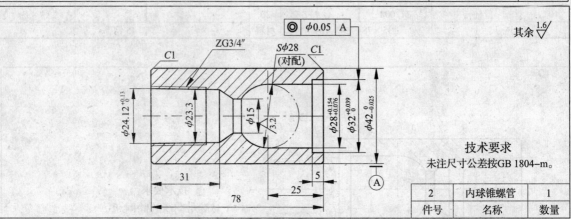

数控车工高级工操作考件评分表

考核项目	考核要求	配分	评分标准	检测结果		扣分	得分
				尺寸精度	粗糙度		
件1	$\phi16_{-0.043}^{0}$	4	超差无分				
	$\phi26.9_{-0.033}^{0}$	2	超差无分				
	$\phi30_{-0.021}^{0}$	2	超差无分				
	$\phi20_{0}^{+0.052}$	6	超差0.01扣3分				
	$S\phi28\pm0.065$	8	超差0.01扣4分				
	ZG3/4″ 锥度1:16 基面9.5	10	不合格无分				
	6项（IT12）	6	超差无分				
件2	$\phi42_{-0.025}^{0}$	5	超差无分				
	$\phi32_{0}^{+0.039}$	3	超差无分				
	$\phi28_{+0.076}^{+0.154}$	2	超差无分				
	$\phi24.12_{0}^{+0.13}$	2	超差无分				
	◎ $\phi0.05$ A	4	超差无分				
	6项（IT12）	6	超差无分				
组合对配	球面着色对配≥65%	14	减少10%扣7分				
	锥管螺纹基面对配±0.5牙	12	±1牙扣6分				
表面	$R_a1.6$（十四处）	14	R_a值大1级无分				
工艺、程序	工艺与程序的有关规定		违反规定扣总分1~5分				
规范操作	数控机床规范操作的有关规定		违反规定扣总分1~5分				
安全文明生产	安全文明生产的有关规定		违反规定扣总分1~50分				
备注			每处尺寸超差≥1mm酌情扣考件总分5~10分				

数控车工高级工工、量、刃具及毛坯准备清单

序号	名称	规格	精度	数量	序号	名称	规格	精度	数量
1	游标卡尺	0～150	0.02	1	11	内孔车刀	35°、90°		各1
2	外径千分尺	0～25、25～50	0.01	各1	12	麻花钻	$\phi6$、$\phi26$、$\phi16$		各1
3	螺纹千分尺	25～50	0.01	1	13	莫氏变径套			1套
4	游标万能角度尺	0°～320°	2′	1	14	深度千分尺	0～25	0.01	1
5	螺距规、中心规	米制、60°		各1	15	塞尺	0.02～0.5		1
6	半径样板	15～25、38		各1	16	中心钻及钻夹头			各1
7	半径样板	1～6.5、7～14.5		各1	17	活扳手、活顶尖			各1
8	外圆车刀	35°、90°		各1	18	显示剂、薄铜皮			若干
9	切断刀	$t=4$		1	19				
10	内、外螺纹车刀	60°		各1	20				
毛坯尺寸		$\phi45\times125$			材料		45钢		

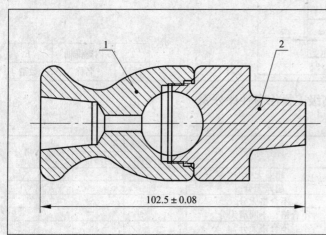

102.5±0.08

技术要求

1. 件1与件2配合端面之间的间隙≤0.02mm。
2. $S\phi24$钢球与件1、件2内球面接触着色面积≥65%。
3. 圆弧与圆弧、圆弧与曲线之间连接光滑，过渡自然。
4. 禁止使用锉刀、砂布、油石对各工件进行加工。

1	内球曲面座	1	2	内球锥轴	1
件号	名称	数量	件号	名称	数量
名称		职业	等级		时间
内球、螺纹组合		数控车工	高级工		3小时

（页边竖排）高级工 内球、螺纹组合

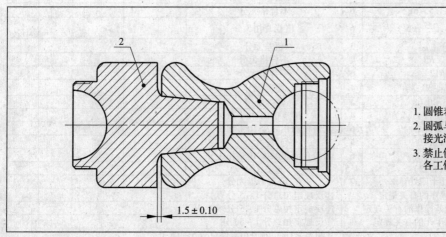

1.5±0.10

技术要求

1. 圆锥着色接触面积≥70%。
2. 圆弧与圆弧、圆弧与曲线之间连接光滑，过渡自然。
3. 禁止使用锉刀、砂布、油石对各工件进行加工。

组合件	1
名称	数量

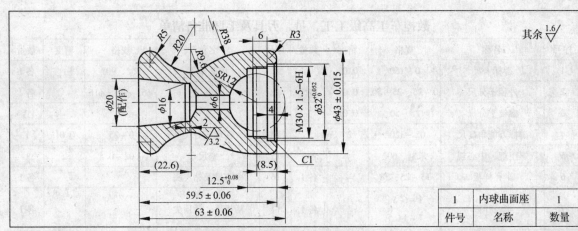

1	内球曲面座	1
件号	名称	数量

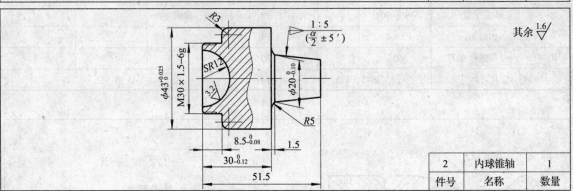

2	内球锥轴	1
件号	名称	数量

数控车工高级工操作考件评分表

考件编号：_____   总分：_____

考核项目	考核要求	配分	评分标准	检测结果		扣分	得分
				尺寸精度	粗糙度		
件1	$\phi 43 \pm 0.015$	2	超差无分				
	$\phi 32^{+0.052}_{0}$	2	超差无分				
	M30×1.5 - 6H	8	不合格无分				
	$R3$、$R5$、$R20$、$R9.6$、$R38$	10	不合格、不圆滑无分				
	$SR12$	6	不合格无分				
	$12.5^{+0.08}_{0}$、59.5 ± 0.06	4	超差无分				
	63 ± 0.06	2	超差无分				
件2	$\phi 43^{+0.025}_{0}$	1.5	超差无分				
	M30×1.5 - 6g	6	不合格无分				
	锥度1:5 ($\frac{\alpha}{2} \pm 5'$)	6	超差1′扣3分				
	$\phi 20^{0}_{-0.10}$	3	超差无分				
	$R3$、$R5$	4	不合格无分				
	$SR12$	6	不合格无分				
	$8.5^{0}_{-0.08}$、$30^{0}_{-0.12}$	4	超差无分				
组合一	102.5 ± 0.08	4	超差无分				
	技术条件1	4	超差0.01扣1分				
	技术条件2	6	着色面积减少10%扣3分				
组合二	1.5 ± 0.10	4	超差无分				
	技术条件1	6	着色面积减少10%扣3分				
其他	9项（IT12）	4.5	超差无分				
表面	$R_a 1.6$（十四处）	7	R_a值大1级无分				
工艺、程序	工艺与程序的有关规定		违反规定扣总分1~5分				
规范操作	数控车床规范操作的有关规定		违反规定扣总分1~5分				
安全文明生产	安全文明生产的有关规定		违反规定扣总分1~50分				
备注			每处尺寸超差≥1mm酌情扣考件总分5~10分				

数控车工高级工工、量、刃具及毛坯准备清单

序号	名称	规格	精度	数量	序号	名称	规格	精度	数量
1	游标卡尺	0~150	0.02	1	11	内螺纹车刀	60°		1
2	外径千分尺	0~25、25~50	0.01	各1	12	内孔车刀	90°（φ14×40）、45°		各1
3	螺纹千分尺	0~25	0.01	1	13	内径百分表	9.8~18、18~35	0.01	各1
4	万能角度尺	0°~320°	2′	1	14	百分表及磁性表架	0~10	0.01	各1
5	螺距规	米制		1	15	莫氏变径套			1套
6	中心规	60°		1	16	麻花钻	φ12、φ18		各1
7	半径样板	7~14.5		1	17	中心钻及钻夹头			各1
8	外圆车刀	35°、90°		各1	18	活扳手			1
9	切断刀	$t=3$		1	19	薄铜皮			若干
10	螺纹车刀	60°		1	20	样板	椭圆（108×38）		1
毛坯尺寸		φ35×100、φ40×85			材料			45钢	

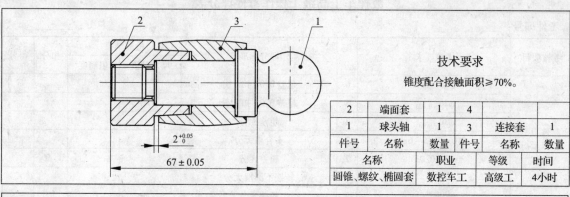

技术要求

锥度配合接触面积≥70%。

2	端面套	1	4		
1	球头轴	1	3	连接套	1
件号	名称	数量	件号	名称	数量

名称	职业	等级	时间
圆锥、螺纹、椭圆套	数控车工	高级工	4小时

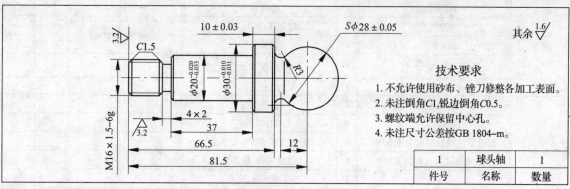

其余 1.6/

技术要求

1. 不允许使用砂布、锉刀修整各加工表面。
2. 未注倒角C1,锐边倒角C0.5。
3. 螺纹端允许保留中心孔。
4. 未注尺寸公差按GB 1804-m。

1	球头轴	1
件号	名称	数量

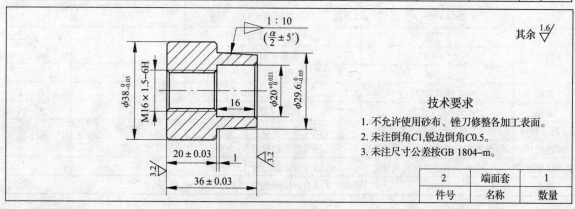

其余 1.6/

技术要求

1. 不允许使用砂布、锉刀修整各加工表面。
2. 未注倒角C1,锐边倒角C0.5。
3. 未注尺寸公差按GB 1804-m。

2	端面套	1
件号	名称	数量

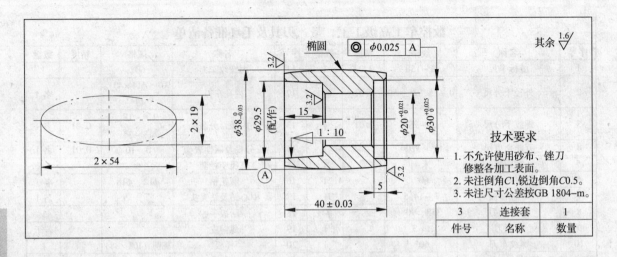

数控车工高级工操作考件评分表

考件编号：_____   总分：_____

考核项目	考核要求	配分	评分标准	检测结果		扣分	得分
				尺寸精度	粗糙度		
件1	$S\phi28 \pm 0.05$	6	超差0.01扣2分				
	$\phi20^{-0.020}_{-0.033}$	4	超差0.01扣2分				
	$\phi30^{-0.010}_{-0.031}$	2	超差无分				
	$M16 \times 1.5 - 6g$	7	不合格无分				
	10 ± 0.03	2	超差无分				
	$R3$	3	转接不圆滑无分				
件2	$\phi38^{0}_{-0.03}$	2	超差无分				
	$\phi20^{+0.021}_{0}$	6	超差0.01扣3分				
	$\phi29.6^{0}_{-0.05}$	4	超差无分				
	锥度1:10 $\left(\frac{\alpha}{2} \pm 5'\right)$	4	超差无分				
	20 ± 0.03、36 ± 0.03	4	超差无分				
件3	$\phi20^{+0.021}_{0}$	4	超差无分				
	$\phi30^{+0.025}_{0}$	4	超差无分				
	圆锥着色接触面积大于70%	6	着色面积少5%扣3分				
	$\phi38^{0}_{-0.03}$（椭圆）	8	超差0.01扣2分				
	40 ± 0.03	2	超差无分				
	◎ $\phi0.025$ A	2.5	超差无分				
组合	$2^{+0.05}_{0}$	6	超差0.01扣2分				
	67 ± 0.05	6	超差0.01扣2分				
	组合好	4	组合不上无分				
其他	11项（IT12）	5.5	超差无分				
表面	$R_a1.6$（十六处）	8	R_a值大1级无分				
工艺、程序	工艺与程序的有关规定		违反规定扣总分1~5分				
规范操作	数控车床规范操作的有关规定		违反规定扣总分1~5分				
安全文明生产	安全文明生产的有关规定		违反规定扣总分1~50分				
备注	每处尺寸超差≥1mm酌情扣考件总分5~10分						

数控车工高级工工、量、刃具及毛坯准备清单

序号	名称	规格	精度	数量	序号	名称	规格	精度	数量
1	游标卡尺	0～150	0.02	1	11	内孔车刀	90°（φ25×45）		1
2	外径千分尺	0～25、25～50、50～75	0.01	各1	12	内沟槽车刀	t＝5（φ25×30）		1
3	螺纹千分尺	25～50	0.01	1	13	内径百分表	18～35	0.01	1
4	百分表及磁性表座	0～10	0.01	各1	14	椭圆样板	90×56		1
5	螺距规	米制		1	15	莫氏变径套			1套
6	中心规	60°		1	16	麻花钻	φ20、φ23		各1
7	半径样板	1～6.5		1	17	中心钻及钻夹头			各1
8	外圆车刀	35°、90°		各1	18	活顶尖、活扳手			各1
9	切断刀	t＝4		1	19	显示剂、薄铜皮			若干
10	内、外螺纹车刀	60°		各1	20				
毛坯尺寸		φ58×166			材料		45钢		

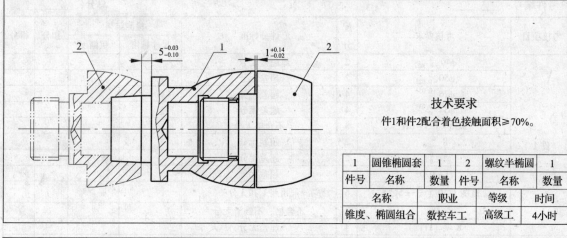

技术要求

件1和件2配合着色接触面积≥70%。

1	圆锥椭圆套	1	2	螺纹半椭圆	1
件号	名称	数量	件号	名称	数量
名称		职业		等级	时间
锥度、椭圆组合		数控车工		高级工	4小时

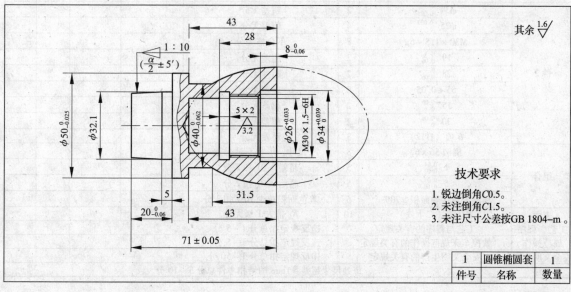

其余 $\sqrt{\dfrac{1.6}{}}$

技术要求

1. 锐边倒角C0.5。
2. 未注倒角C1.5。
3. 未注尺寸公差按GB 1804—m。

1	圆锥椭圆套	1
件号	名称	数量

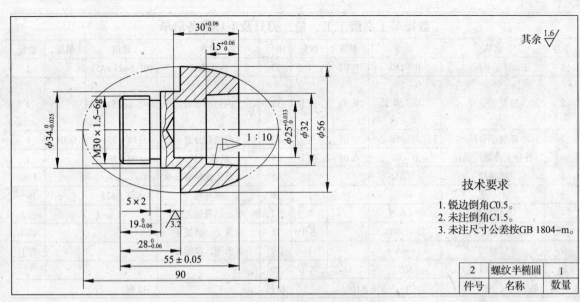

技术要求

1. 锐边倒角C0.5。
2. 未注倒角C1.5。
3. 未注尺寸公差按GB 1804-m。

2	螺纹半椭圆	1
件号	名称	数量

数控车工高级工操作考件评分表

考件编号：_____   总分：_____

考核项目	考核要求	配分	评分标准	检测结果		扣分	得分
				尺寸精度	粗糙度		
件1	$\phi40_{-0.0627}^{0}$	2	超差无分				
	$\phi50_{-0.025}^{0}$	2	超差无分				
	$\phi26_{0}^{+0.033}$	4	超差无分				
	$\phi34_{0}^{+0.039}$	4	超差无分				
	M30×1.5-6H	8	不合格无分				
	$8_{-0.06}^{0}$	2	超差无分				
	$20_{-0.06}^{0}$	2	超差无分				
	71 ± 0.05	2	超差无分				
	锥度1:10（$\frac{\alpha}{2}\pm5'$）	6	超差1'扣3分				
	R5	3	不合格、不圆滑无分				
	8项（IT12）	4	超差无分				
件2	$\phi34_{-0.025}^{0}$	2	超差无分				
	$\phi25_{0}^{+0.033}$	4	超差无分				
	M30×1.5-6g	8	不合格无分				
	$19_{-0.06}^{0}$	2	超差无分				
	$28_{-0.06}^{0}$	2	超差无分				
	55 ± 0.05	2	超差无分				
	$15_{0}^{+0.06}$	2	超差无分				
	$30_{0}^{+0.06}$	2	超差无分				
	6项（IT12）	3	超差无分				
组合	椭圆56×62	8	尺寸、形状不对无分				
	$1_{-0.02}^{+0.14}$	5	超差0.01扣2分				
	$5_{-0.10}^{-0.03}$	5	超差0.01扣2分				
	圆锥着色接触面积≥70%	6	着色面积减少10%扣3分				
表面	$R_a1.6$（二十处）	10	R_a值大1级无分				
工艺、程序	工艺与程序的有关规定		违反规定扣总分1~5分				
规范操作	数控车床规范操作的有关规定		违反规定扣总分1~5分				
安全文明生产	安全文明生产的有关规定		违反规定扣总分1~50分				
备注			每处尺寸超差≥1mm酌情扣考件总分5~10分				

数控车工技师

操作试题

- ◆ 八方锥管套
- ◆ 椭圆套、轴组合
- ◆ 圆弧、锥度组合
- ◆ 椭圆组合件
- ◆ 内、外曲面，锥度组合

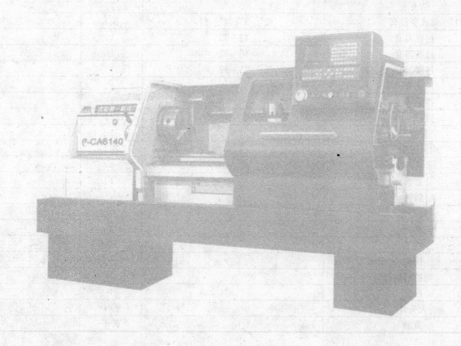

数控车工技师工、量、刃具及毛坯准备清单

序号	名称	规格及型号	数量	备注
1	游标卡尺	0～150	1	
2	深度千分尺	0～100	1	
3	外径千分尺	0～25、25～50、50～75、75～100、100～125	各1	
4	百分表	0～10	1	
5	杠杆表	0～0.8	1	
6	磁力表座		1	
7	内径百分表	10～18、18～35	各1	
8	螺纹塞规	NPT1″	1	
9	钢直尺	300	1	
10	90°外圆车刀体	PCLNR2525M16	1	
11	80°等边菱形刀片	CNMG160612MP KC5025	1	
12	90°外圆车刀体	MCLNR2525M12N	1	
13	80°等边菱形刀片	CNMG160604MP KU30T	1	
14	90°外圆车刀体	MVJNR2525M16N	1	
15	35°等边菱形刀片	VNMG160408 KU10T	1	
16	$\phi16mm$ 内圆车刀体	S16R—SCLCR09	1	内径 $\phi20$
17	80°孔定位刀片	CCMT09T304MF KU30T	1	
18	$\phi12mm$ 内圆车刀体	S12M—SCLCR06	1	内径 $\phi16$
19	80°孔定位刀片	CCMT060204 MF KU30T	1	
20	端面车刀刀体	KGMSR2525M50	1	
21	端面车刀刀体	A4M05R0414B0448072	1	$\phi48～\phi72$
22	端面车刀片	A4G0405M04U04GMN KU30T	1	
23	内螺纹车刀	SNR0020 Q16	1	内径 $\phi25$
24	内螺纹刀片	16NR11.5NPT EC1030	1	
25	中心钻	A_3	1	
26	麻花钻	$\phi11、\phi15.7、\phi18、\phi25$	各1	
27	活动顶尖		1	
28	钻夹头		1	
29	莫式变径套	$2^{\#}、3^{\#}、4^{\#}、5^{\#}$	各1	
30	过渡刀套	12～32	1	
31	过渡刀套	16～32	1	
32	过渡刀套	25～32	1	
33	扁锉	8″	1	
34	铜棒		1	
35	铜垫片	2	若干	
36	呆扳手	8	1	
37	内六方扳手	4、6	各1	
38	卡盘扳手		1	
39	套管		1	
40	斜铁		1	
41	记号笔		1	
42	油石		1	
43	刷子		1	
44	铁钩		1	
45	防护眼镜		1	
46	白布		1	
47	大头针		若干	
48	黄油		若干	

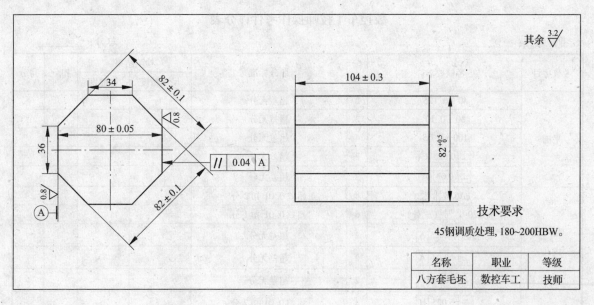

其余 $\sqrt{\dfrac{3.2}{}}$

技术要求

45钢调质处理, 180~200HBW。

名称	职业	等级
八方套毛坯	数控车工	技师

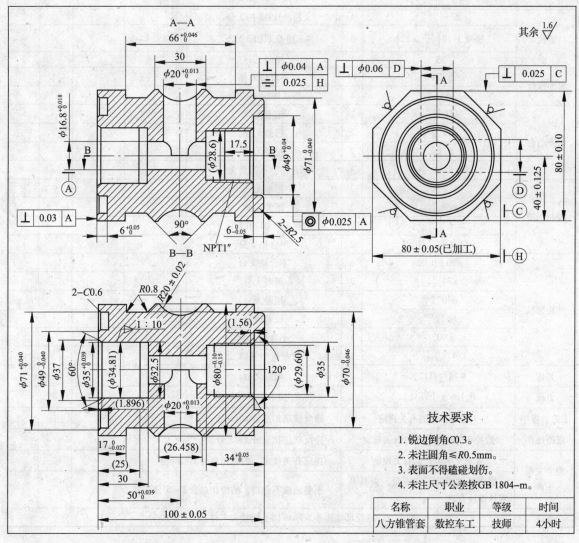

其余 $\sqrt{\dfrac{1.6}{}}$

技术要求

1. 锐边倒角C0.3。
2. 未注圆角≤R0.5mm。
3. 表面不得磕碰划伤。
4. 未注尺寸公差按GB 1804-m。

名称	职业	等级	时间
八方锥管套	数控车工	技师	4小时

技 师

八方锥管套

· 33 ·

数控车工技师操作考件评分表

考核项目	考核要求	配分	评分标准	检测结果		扣分	得分
				尺寸精度	粗糙度		
平面	40 ± 0.125	2	超差无分				
	80 ± 0.10	2	超差无分				
	100 ± 0.05	4	超差无分				
	$\perp \boxed{0.025}\ \text{C}$	2	超差无分				
	$\perp \boxed{0.03}\ \text{A}$	2	超差无分				
内孔	$\phi 16.8^{+0.018}_{0}$	4	超差0.01扣2分				
	$\phi 20^{+0.013}_{0}$（二处）	6	超差0.01扣1分				
	$\odot\ \phi 0.025\ \text{A}$	2	超差无分				
	$\perp\ \phi 0.04\ \text{A}$	2	超差无分				
	$\perp\ \phi 0.06\ \text{D}$	2	超差无分				
	$\boxminus\ 0.025\ \text{H}$	4	超差0.01扣2分				
锥孔	$\phi 35^{+0.039}_{0}$	4	超差0.01扣2分				
	锥度$1:10\left(\frac{\alpha}{2}\pm 5'\right)$	6	超差1′扣3分				
	25	1	超差无分				
圆锥螺纹	NPT1″	10	不合格无分				
	$34^{+0.05}_{0}$	4	超差0.01扣2分				
端面凸台	$\phi 71^{0}_{-0.040}$	2	超差无分				
	$\phi 49^{+0.04}_{0}$	2	超差无分				
	$6^{0}_{-0.05}$	2	超差无分				
	$R2.5$（二外）	3	不合格、不圆滑无分				
端面凹槽	$\phi 71^{+0.040}_{0}$	2	超差无分				
	$\phi 49^{0}_{-0.040}$	2	超差无分				
	$6^{+0.05}_{0}$	2	超差0.01扣1分				
	$C0.6$（二外）	2	不合格无分				
外轮廓线	$R20 \pm 0.02$	6	不合格无分				
	$\phi 70^{0}_{-0.046}$	2	超差无分				
	$\phi 80^{-0.10}_{-0.15}$	2	超差无分				
	$66^{+0.046}_{0}$	2	超差无分				
	$90°$	1	不合格无分				
	$17^{0}_{-0.027}$	2	超差0.01扣1分				
其他	4项（IT12）	2	超差无分				
表面	$R_a 1.6$（十八处）	9	R_a值大1级无分				
工艺、程序	工艺与程序的有关规定		违反规定扣总分1~5分				
规范操作	数控车床规范操作的有关规定		违反规定扣总分1~5分				
安全文明生产	安全文明生产的有关规定		违反有关规定，酌情扣总分1~50分				
	周围场地整洁；工、量、夹具及零件摆放合理		不整洁或不合理，酌情扣总分1~5分				
备注			每处尺寸超差≥1mm以上酌情扣考件总分5~10分				

技师

八方锥管套

· 34 ·

数控车工技师工、量、刃具及毛坯准备清单

序号	名称	规格	精度	数量	序号	名称	规格	精度	数量
1	游标卡尺（带表，数显）	0~150	0.02	1	11	内沟槽车刀	5×φ28		1
2	外径千分尺	0~25、25~50	0.01	各1	12	内孔车刀	45°、90°（φ20以下）		各1
3	螺纹千分尺	25~50	0.01	1	13	量块	38块		1盒
4	百分表及磁性表座	0~10	0.01	各1	14	塞尺	0.02~0.5		1
5	螺距规	米制		1	15	麻花钻	φ16、φ20		各1
6	中心规	60°		1	16	莫氏变径套			1套
7	椭圆样板	80×46		1	17	中心钻及钻夹头	A_3		各1
8	外圆车刀	35°、90°		各1	18	活顶尖			1
9	切断刀	$t=4$		1	19	内径百分表	18~35	0.01	1
10	内、外螺纹车刀	60°		各1	20	薄铜皮、显示剂			若干
毛坯尺寸		φ50×150			材料		45钢		

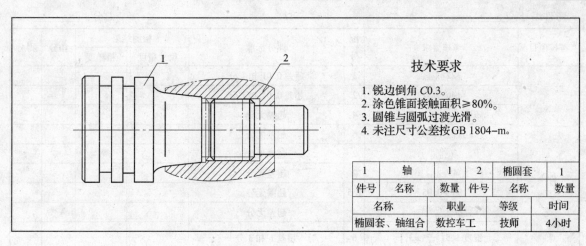

技术要求

1. 锐边倒角 $C0.3$。
2. 涂色锥面接触面积≥80%。
3. 圆锥与圆弧过渡光滑。
4. 未注尺寸公差按GB 1804—m。

1	轴	1	2	椭圆套	1
件号	名称	数量	件号	名称	数量
名称		职业	等级		时间
椭圆套、轴组合		数控车工	技师		4小时

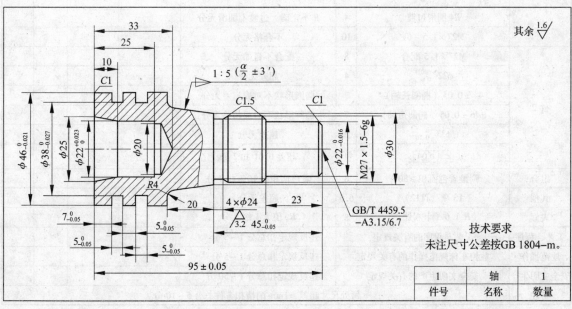

技术要求

未注尺寸公差按GB 1804—m。

1	轴	1
件号	名称	数量

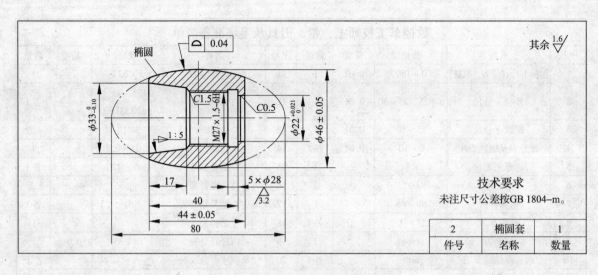

其余 $\sqrt{\dfrac{1.6}{}}$

技术要求

未注尺寸公差按GB 1804–m。

2	椭圆套	1
件号	名称	数量

数控车工技师操作考件评分表

考件编号：_____   总分：_____

考核项目	考核要求	配分	评分标准	检测结果 尺寸精度	检测结果 粗糙度	扣分	得分
件1	$\phi 22_{-0.016}^{0}$	3	超差0.01扣1分				
	$\phi 46_{-0.021}^{0}$	2	超差0.01扣1分				
	$\phi 38_{-0.027}^{0}$（二处）	4	超差无分				
	$5_{-0.05}^{0}$（三处）	6	超差无分				
	$7_{-0.05}^{0}$	2	超差无分				
	$45_{-0.05}^{0}$	2	超差无分				
	95 ± 0.05	1.5	超差无分				
	$\phi 22_{0}^{+0.023}$	4	超差无分				
	锥度 $1:5\left(\dfrac{\alpha}{2} \pm 3'\right)$	6	超差1'扣3分				
	R4 圆滑过渡	4	R不正确，过渡不圆滑无分				
	M27×1.5 – 6g	10	不合格无分				
件2	M27×1.5 配合	8	配合不自如无分				
	$\phi 22_{0}^{+0.021}$	4	超差无分				
	44 ± 0.05（椭圆长轴）	7	椭圆形状不对或超差无分				
	$\phi 46 \pm 0.05$（椭圆短轴）	7	椭圆形状不对或超差无分				
	$\phi 33_{-0.10}^{0}$	3	超差无分				
	⬜ 0.04	4	超差0.01扣2分				
组合	圆锥着色面积≥80%	8	着色面积少10%扣4分				
其他	13 项（IT12）	6.5	超差无分				
表面	$R_a 1.6$（十六处）	8	R_a值大1级无分				
工艺、程序	工艺与程序的有关规定		违反规定扣总分1~5分				
规范操作	数控车床规范操作的有关规定		违反规定扣总分1~5分				
安全文明生产	安全文明生产的有关规定		违反规定扣总分1~50分				
备注	每处尺寸超差≥1mm酌情扣考件总分5~10分						

技师

椭圆套、轴组合

数控车工技师工、量、刃具及毛坯准备清单

序号	名称	规格	精度	数量	备注
1	游标卡尺	0~150	0.02	1	
2	外径千分尺	0~25、25~50	0.01	各1	
3	外径千分尺	50~75	0.01	1	
4	深度千分尺	0~50	0.01	1	
5	万能角度尺	0°~320°	2′	1	
6	内径百分表	18~35、35~50	0.01	各1	
7	螺纹千分尺	25~50	0.01	1	
8	百分表	0~10	0.01	1	
9	磁性表座			1	
10	中心规	60°		1	
11	螺距规	米制		1	
12	游标卡尺	0~300	0.02	1	
13	外圆车刀	35°		1	
14	外圆车刀	90°		1	
15	外螺纹车刀	60°		1	
16	内孔车刀	90°		1	
17	内螺纹车刀	60°		1	
18	偏心垫片	1.5左右		若干	
19	半径样板	30、68		各1	
20	切断刀	$t=3$		1	
21	莫氏变径套			1套	
22	麻花钻	$\phi20$、$\phi30$		各1	
23	中心钻	A_3		1	
24	钻夹头			1	
25	活顶尖			1	
26	鸡心夹头			1	
27	塞尺	0.02~0.5		1	
28	活扳手			1	
29					
30					
毛坯尺寸	$\phi70\times135$	$\phi65\times60$	材料		45钢
备注					

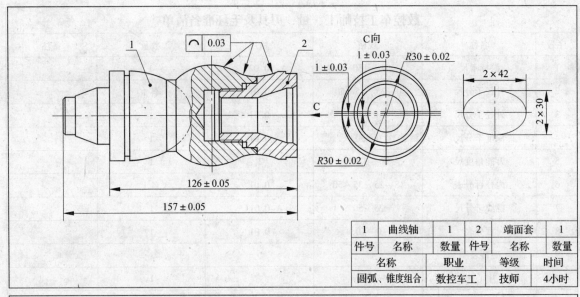

件号	名称	数量	件号	名称	数量
1	曲线轴	1	2	端面套	1
名称		职业	等级		时间
圆弧、锥度组合		数控车工	技师		4小时

其余 1.6

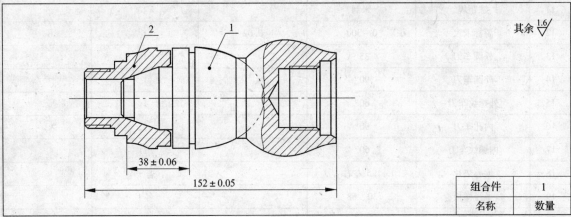

组合件	1
名称	数量

其余 1.6

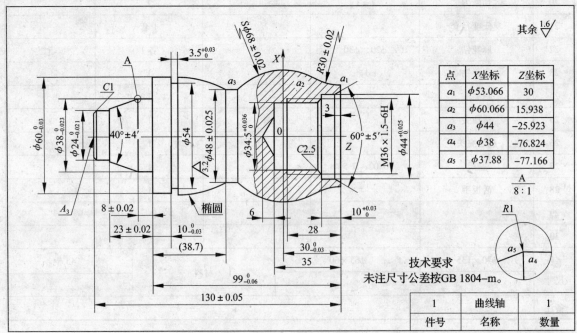

点	X坐标	Z坐标
a_1	$\phi 53.066$	30
a_2	$\phi 60.066$	15.938
a_3	$\phi 44$	-25.923
a_4	$\phi 38$	-76.824
a_5	$\phi 37.88$	-77.166

$\dfrac{A}{8:1}$

技术要求
未注尺寸公差按GB 1804—m。

1	曲线轴	1
件号	名称	数量

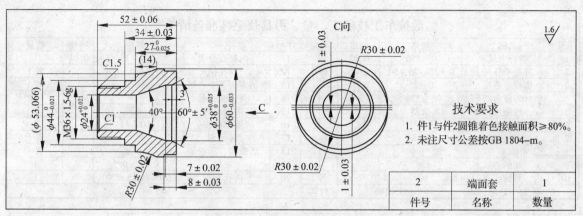

C向

技术要求

1. 件1与件2圆锥着色接触面积≥80%。
2. 未注尺寸公差按GB 1804-m。

2	端面套	1
件号	名称	数量

数控车工技师操作考件评分表

考件编号：_____   总分：_____

考核项目	考核要求	配分	评分标准	检测结果		扣分	得分
				尺寸精度	粗糙度		
件1	$\phi24_{-0.021}^{0}$	1	超差无分				
	$\phi38_{-0.023}^{0}$	1	超差无分				
	$\phi60_{-0.03}^{0}$	1	超差无分				
	$40°±4'$	2	超差1'扣2分				
	$8±0.02$、$23±0.02$	2	超差无分				
	$10_{-0.03}^{0}$、$3.5_{0}^{+0.03}$	2	超差无分				
	$\phi48±0.025$	1	超差无分				
	$\phi34.5_{0}^{+0.016}$	3	超差0.01扣2分				
	$\phi44_{0}^{+0.025}$	1	超差无分				
	$M36×1.5-6H$	4	不合格无分				
	$10_{0}^{+0.03}$、$10_{-0.03}^{0}$	2	超差无分				
	$99_{-0.06}^{0}$、$130±0.05$	2	超差无分				
	椭圆型面$42×30$	2	不合格无分				
	$S\phi68±0.02$	6	超差0.01扣2分				
	$R30±0.02$	3	超差0.01扣1分				
	$60°±5'$	2	不合格无分				
件2	$\phi24_{0}^{+0.021}$	2	超差无分				
	$\phi38_{0}^{+0.025}$	2	超差无分				
	$M36×1.5-6g$	4	不合格无分				
	$\phi44_{-0.021}^{0}$	1	超差无分				
	$\phi60_{-0.033}^{0}$	1	超差无分				
	偏心$1±0.03$（二处）	4	超差0.01扣2分				
	$R30±0.02$（二处）	4	超差0.01扣1分				
	$7±0.02$、$8±0.03$	2	超差无分				
	$27_{-0.025}^{0}$、$34±0.03$	2	超差无分				
	$52±0.06$	1	超差无分				
	圆锥着色接触面积≥80%	4	接触面积减少10%扣2分				
	$60°±5'$、3	2	不合格无分				
	$R30±0.02$	2	超差0.01扣1分				
组合一	$126±0.05$	4	超差0.01扣2分				
	$157±0.05$	4	超差0.01扣2分				
	⌒ 0.03 （三处）	6	超差0.01扣2分				
组合二	$38±0.06$	4	超差0.01扣2分				
	$152±0.05$	4	超差0.01扣2分				
其他	7项（IT12）	3.5	超差无分				
表面	$R_a1.6$（二十二处）	8.5	R_a值大1级无分				
工艺、程序	工艺与程序的有关规定		违反规定扣总分1~5分				
规范操作	数控车床规范操作的有关规定		违反规定扣总分1~5分				
安全文明生产	安全文明生产的有关规定		违反规定扣总分1~50分				
备注			每处尺寸超差≥1mm酌情扣考件总分5~10分				

数控车工技师工、量、刃具及毛坯准备清单

序号	名称	规格	精度	数量	序号	名称	规格	精度	数量
1	游标卡尺	$0 \sim 150$	0.02	1	11	内径百分表	$18 \sim 35$	0.01	1
2	外径千分尺	$0 \sim 25$、$25 \sim 50$	0.01	各1	12	麻花钻	$\phi 6$、$\phi 14$、$\phi 20$		各1
3	螺纹千分尺	$0 \sim 25$	0.01	1	13	钻夹头、中心钻			各1
4	游标万能角度尺	$0° \sim 320°$	2′	1	14	莫氏变径套			1套
5	螺距规	米制		1	15	内沟槽刀	$t = 4$（$\phi 20 \times 30$）		1
6	中心规	60°		1	16	椭圆样板	60×42		1
7	半径样板	$1 \sim 6.5$、$15 \sim 25$		各1	17	显示剂			若干
8	外圆车刀	35°、90°		1	18	活顶尖、活扳手			各1
9	切断刀	$t = 3$		1	19	塞尺	$0.02 \sim 0.5$		1
10	内、外螺纹车刀	60°		各1	20	内孔车刀	90°（$\phi 15 \times 20$）		1
毛坯尺寸		$\phi 45 \times 146$	材料		45钢				

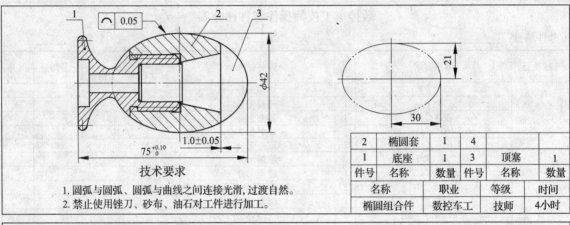

技术要求
1. 圆弧与圆弧、圆弧与曲线之间连接光滑，过渡自然。
2. 禁止使用锉刀、砂布、油石对工件进行加工。

2	椭圆套	1	4		
1	底座	1	3	顶塞	1
件号	名称	数量	件号	名称	数量
名称	职业	等级		时间	
椭圆组合件	数控车工	技师		4小时	

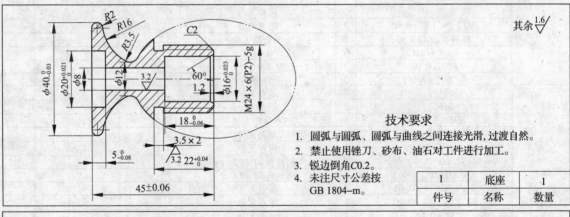

其余 $\sqrt{\dfrac{1.6}{}}$

技术要求
1. 圆弧与圆弧、圆弧与曲线之间连接光滑，过渡自然。
2. 禁止使用锉刀、砂布、油石对工件进行加工。
3. 锐边倒角C0.2。
4. 未注尺寸公差按 GB 1804–m。

1	底座	1
件号	名称	数量

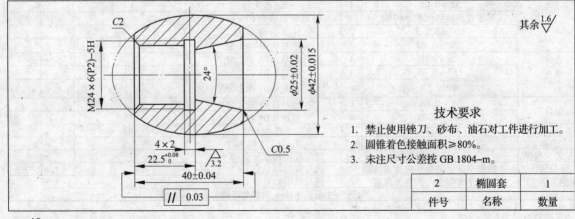

其余 $\sqrt{\dfrac{1.6}{}}$

技术要求
1. 禁止使用锉刀、砂布、油石对工件进行加工。
2. 圆锥着色接触面积≥80%。
3. 未注尺寸公差按 GB 1804–m。

2	椭圆套	1
件号	名称	数量

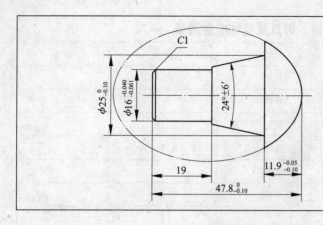

技术要求

1. 禁止使用锉刀、砂布、油石对各工件进行加工。
2. 未注尺寸公差按 GB 1804–m。

3	顶塞	1
件号	名称	数量

数控车工技师操作考件评分表

考件编号：_____　　　　　　　　　　　　　　　　　　总分：_____

考核项目	考核要求	配分	评分标准	检测结果		扣分	得分
				尺寸精度	粗糙度		
件1	$\phi16^{+0.023}_{0}$	3	超差无分				
	$\phi20^{+0.021}_{0}$	3	超差无分				
	$\phi40^{0}_{-0.03}$	2	超差无分				
	M24×6（P2）−5g	10	不合格无分				
	$5^{0}_{-0.08}$	2	超差无分				
	$18^{0}_{-0.06}$	3	超差无分				
	$22^{+0.04}_{0}$	2	超差无分				
	R2、R16、R3.5	4	R 不正确无分				
	圆弧与圆弧之间过渡	2	过渡不圆滑无分				
	圆弧与曲线之间过渡	2	过渡不圆滑无分				
	45±0.06	2	超差无分				
	5 项（IT12）	1	超差无分				
件2	$\phi25±0.02$	3	超差无分				
	圆锥着色接触面积≥80%	4	圆锥着色面积少10%扣2分				
	M24×6（P2）配合	8	配合不灵活无分				
	$22.5^{+0.08}_{0}$	2	超差无分				
	40±0.04（椭圆长轴）	4	不符合椭圆及尺寸无分				
	$\phi42±0.015$（椭圆短轴）	4	不符合椭圆及尺寸无分				
	// 0.03	2	超差无分				
件3	24°±6′	4	超差1′扣2分				
	$\phi16^{-0.040}_{-0.061}$	2	超差无分				
	$11.9^{-0.05}_{-0.10}$	2	超差无分				
	$47.8^{0}_{-0.10}$	2	超差无分				
组合	1.0±0.05	8	超差0.01扣2分				
	$75^{+0.10}_{0}$	4	超差0.01扣2分				
	⌒ 0.05	5	超差0.01扣1分				
其他	6 项（IT12）	2	超差无分				
表面	$R_a1.6$（十六处）	8	R_a 值大1级无分				
工艺、程序	工艺与程序的有关规定		违反规定扣总分1~5分				
规范操作	数控车床规范操作的有关规定		违反规定扣总分1~5分				
安全文明生产	安全文明生产的有关规定		违反规定扣总分1~50分				
备注	每处尺寸超差≥1mm 酌情扣考件总分5~10分						

数控车工技师工、量、刃具及毛坯准备清单

序号	名称	规格	精度	数量	备注
1	游标卡尺	0～150、0～300	0.02	各1	
2	外径千分尺	0～25、25～50	0.01	各1	
3	螺纹千分尺	0～25	0.01	1	
4	百分表	0～10	0.01	1	
5	内测千分尺	25～50	0.01	1	
6	内径百分表	18～35	0.01	1	
7	塞尺	0.02～0.5		1	
8	螺距规	米制		1	
9	中心规	60°		1	
10	半径样板	1～6.5、14.5～25		各1	
11	万能角度尺	0°～320°	2′	1	
12	外圆车刀	35°、90°		各1	
13	切断刀	$t=4$		1	
14	内、外螺纹车刀	60°（M22～M26）		各1	
15	内孔车刀	35°、90°		各1	
16	内沟槽刀	$t=4$（$\phi21\times30$）		1	
17	麻花钻	$\phi12$、$\phi20$		各1	
18	莫氏变径套			1套	
19	活顶尖			1	
20	活扳手			1	
21	中心钻			1	
22	钻夹头			1	
23	显示剂			若干	
24	薄铜皮			若干	
25					
26					
27					
28					
29					
30					
毛坯尺寸	$\phi50\times195$		材料		45钢
备注					

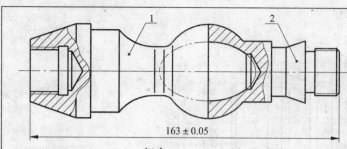

组合一
技术要求

1. 件1与件2配合，椭圆接触面≤75%。
2. 件1与件2配合，SR24球面线轮廓度≤0.05。

1	外曲面轴	1	2	内曲面轴	1
件号	名称	数量	件号	名称	数量
名称		职业		等级	时间
内、外曲面，锥度组合		数控车工		技师	4小时

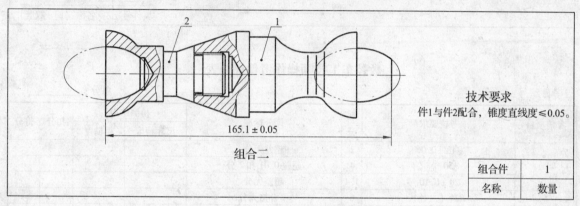

技术要求

件1与件2配合，锥度直线度≤0.05。

组合二

组合件	1
名称	数量

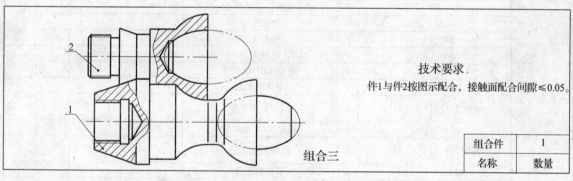

技术要求

件1与件2按图示配合，接触面配合间隙≤0.05。

组合三

组合件	1
名称	数量

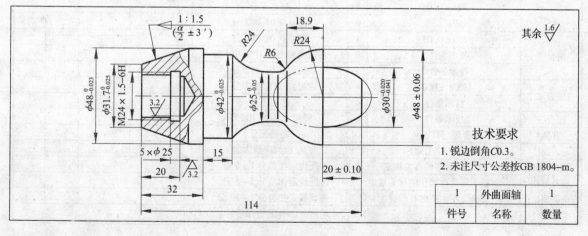

技术要求

1. 锐边倒角C0.3。
2. 未注尺寸公差按GB 1804—m。

1	外曲面轴	1
件号	名称	数量

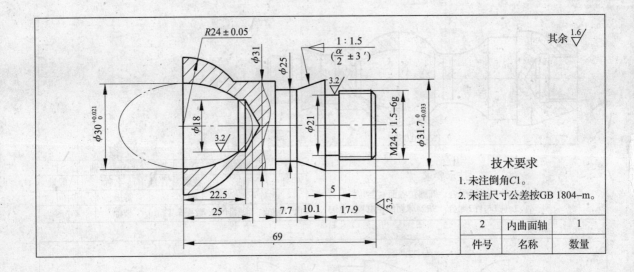

技术要求
1. 未注倒角C1。
2. 未注尺寸公差按GB 1804-m。

2	内曲面轴	1
件号	名称	数量

技师 内、外曲面，锥度组合

数控车工技师操作考件评分表

考件编号：_____   总分：_____

考核项目	考核要求	配分	评分标准	检测结果		扣分	得分
				尺寸精度	粗糙度		
件1	$\phi48 \pm 0.06$	2	超差无分				
	$\phi30^{-0.020}_{-0.041}$	4	超差0.01扣2分				
	20 ± 0.10	1.4	超差无分				
	$R24$（二处）	6	不合格无分				
	$R6$	3	不合格、不圆滑无分				
	$\phi25^{\ 0}_{-0.05}$	1	超差无分				
	$\phi42^{\ 0}_{-0.025}$	1	超差无分				
	$\phi48^{\ 0}_{-0.023}$	1	超差无分				
	$\phi31.7^{\ 0}_{-0.025}$	3	超差0.01扣1分				
	$M24 \times 1.5 - 6H$	6	不合格无分				
	锥度$1:1.5\left(\dfrac{\alpha}{2} \pm 3'\right)$	4	超差1'扣2分				
件2	$\phi31.7^{\ 0}_{-0.033}$	3	超差0.01扣1分				
	锥度$1:1.5\left(\dfrac{\alpha}{2} \pm 3'\right)$	4	超差1'扣2分				
	$M24 \times 1.5 - 6g$	6	不合格无分				
	$R24 \pm 0.05$	4	超差无分				
	$\phi30^{+0.021}_{\ 0}$	6	超差0.01扣2分				
组合一	163 ± 0.05	4	超差0.01扣2分				
	技术条件1	8	椭圆接触面少10%扣4分				
	技术条件2	5					
组合二	165.1 ± 0.05	4	超差0.01扣2分				
	技术条件	4	超差无分				
组合三	技术条件	6	间隙大0.01扣2分				
其他	17项（IT12）	5.1	超差无分				
表面	$R_a1.6$（十七处）	8.5	R_a值大1级无分				
工艺、程序	工艺与程序的有关规定		违反规定扣总分1～5分				
规范操作	数控车床规范操作的有关规定		违反规定扣总分1～5分				
安全文明生产	安全文明生产的有关规定		违反规定扣总分1～50分				
备注	每处尺寸超差≥1mm酌情扣考件总分5～10分						

数控车工 高级技师

操作试题

- ◆ 锥度、曲线三组合
- ◆ 圆弧、螺纹三组合
- ◆ 拨叉、接头
- ◆ 连接套、基座组合
- ◆ 精密平口钳

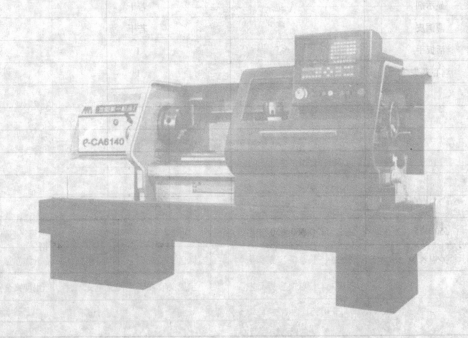

数控车工高级技师工、量、刃具及毛坯准备清单

序号	名称	规格	精度	数量	备注
1	游标卡尺	0~150	0.02	1	
2	外径千分尺	0~25、25~50	0.01	各1	
3	外径千分尺	50~75	0.01	1	
4	螺纹千分尺	25~50	0.01	1	
5	内径百分表	18~35	0.01	1	
6	百分表	0~10	0.01	1	
7	磁性表座			1	
8	深度游标尺	0~200	0.02	1	
9	外圆车刀	35°、90°		各1	
10	内圆车刀	90°(ϕ22~ϕ28 长35)		各1	
11	内、外螺纹车刀	60°（M28~M32）		各1	
12	切断刀	$t=4$		1	
13	麻花钻	ϕ18、ϕ26		各1	
14	莫氏变径套			1套	
15	中心钻			1	
16	钻夹头			1	
17	活顶尖			1	
18	中心规	60°		1	
19	螺距规	米制		1	
20	塞尺	0.02~0.5		1	
21	显示剂			若干	
22	薄铜皮			若干	
23	活扳手			1	
24	鸡心夹头			1	
25					
26					
27					
28					
29					
30					
毛坯尺寸	ϕ50×75 ϕ40×70	ϕ60×50	材料		45钢
备注					

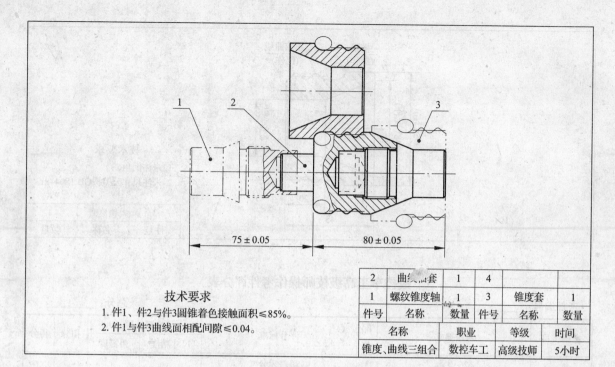

技术要求

1. 件1、件2与件3圆锥着色接触面积≤85%。
2. 件1与件3曲线面相配间隙≤0.04。

2	曲线轴套	1	4		
1	螺纹锥度轴	1	3	锥度套	1
件号	名称	数量	件号	名称	数量
名称		职业		等级	时间
锥度、曲线三组合		数控车工		高级技师	5小时

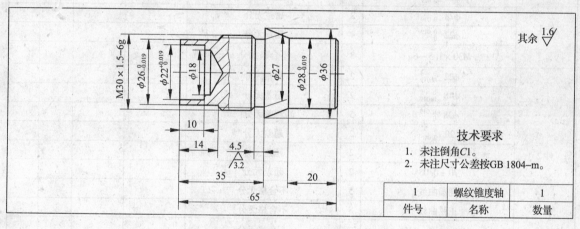

其余 $\sqrt{1.6}$

技术要求

1. 未注倒角C1。
2. 未注尺寸公差按GB 1804-m。

| 1 | 螺纹锥度轴 | 1 |
| 件号 | 名称 | 数量 |

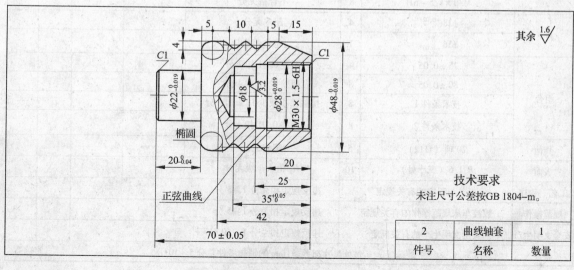

其余 $\sqrt{1.6}$

技术要求

未注尺寸公差按GB 1804-m。

| 2 | 曲线轴套 | 1 |
| 件号 | 名称 | 数量 |

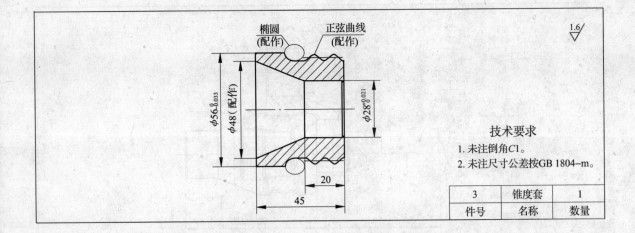

技术要求

1. 未注倒角C1。
2. 未注尺寸公差按GB 1804-m。

3	锥度套	1
件号	名称	数量

数控车工高级技师操作考件评分表

考件编号：_____   总分：_____

考核项目	考核要求	配分	评分标准	检测结果		扣分	得分
				尺寸精度	粗糙度		
件1	$\phi 26_{-0.019}^{0}$	2	超差无分				
	$\phi 28_{-0.019}^{0}$	2	超差无分				
	$\phi 22_{0}^{+0.019}$	4	超差无分				
	M30 × 1.5 − 6g	8	不合格无分				
件2	$\phi 22_{-0.019}^{0}$	2	超差无分				
	$\phi 48_{-0.019}^{0}$	2	超差无分				
	$\phi 28_{0}^{+0.019}$	5	超差无分				
	$20_{-0.04}^{0}$	2	超差无分				
	$35_{0}^{+0.05}$	2	超差无分				
	70 ± 0.05	2	超差无分				
	椭圆曲线	5	不合格无分				
	正弦曲线	8	不合格无分				
	M30 × 1.5 − 6H	8	不合格无分				
件3	$\phi 28_{0}^{+0.021}$	4	超差无分				
	$\phi 56_{-0.033}^{0}$	1	超差无分				
组合	75 ± 0.05	4	超差0.01扣2分				
	80 ± 0.05	8	超差0.01扣4分				
	技术条件1	8	接触面积减少10%扣4分				
	技术条件2	8	超差0.01扣4分				
其他	20项（IT12）	5	超差无分				
表面	$R_a 1.6$（二十处）	10	R_a值大1级无分				
工艺、程序	工艺与程序的有关规定		违反规定扣总分1～5分				
规范操作	数控车床规范操作的有关规定		违反规定扣总分1～5分				
安全文明生产	安全文明生产的有关规定		违反规定扣总分1～50分				
备注			每处尺寸超差≥1mm酌情扣考件总分5～10分				

数控车工高级技师工、量、刃具及毛坯准备清单

序号	名称	规格	精度	数量	备注
1	游标卡尺	0～150	0.02	1	
2	外径千分尺	0～25、25～50	0.01	各1	
3	外径千分尺	50～75	0.01	1	
4	深度千分尺	0～50	0.01	1	
5	内径百分表	10～18、18～35	0.01	各1	
6	内径百分表	35～50	0.01	1	
7	百分表、磁性表座	0～10	0.01	各1	
8	螺纹千分尺	0～25、25～50	0.01	各1	
9	半径样板	15～25		1	
10	塞尺	0.02～0.5		1	
11	中心规、螺距规	60°、米制		各1	
12	外圆车刀	90°		1	
13	切槽刀	$t=3$		1	
14	端面切槽刀	$t=4$		1	
15	内孔车刀	35°、90°		各1	
16	内沟槽车刀	$t=3$		1	
17	内、外螺纹车刀	60°		各1	
18	锯齿螺纹车刀	45°		1	
19	麻花钻	$\phi10.8$、$\phi18$、$\phi30$		各1	
20	麻花钻	$\phi21$、$\phi35$		各1	
21	中心钻及钻夹头			各1	
22	莫氏变径套			1套	
23	活顶尖、活扳手			各1	
24	鸡心夹头			1	
25	显示剂、薄铜皮			若干	
26	铰刀	$\phi11$		1套	
27					
28					
29					
30					
毛坯尺寸	$\phi65\times130$	$\phi45\times65$	材料		45钢
备注					

高级技师 圆弧、螺纹三组合

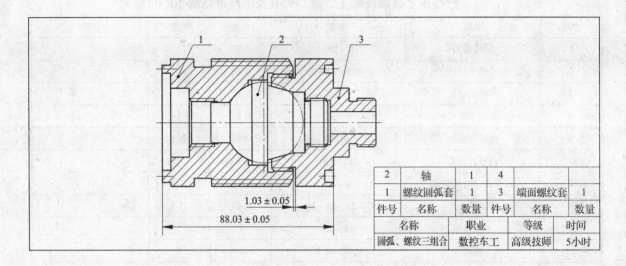

2	轴	1	4		
1	螺纹圆弧套	1	3	端面螺纹套	1
件号	名称	数量	件号	名称	数量
名称		职业	等级		时间
圆弧、螺纹三组合		数控车工	高级技师		5小时

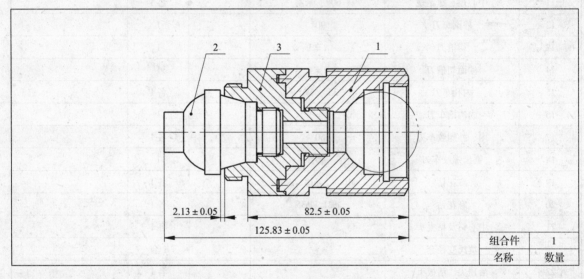

组合件	1
名称	数量

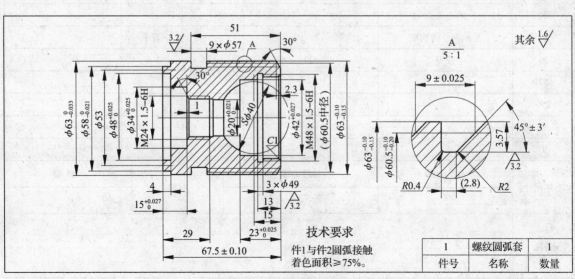

技术要求

件1与件2圆弧接触
着色面积≥75%。

1	螺纹圆弧套	1
件号	名称	数量

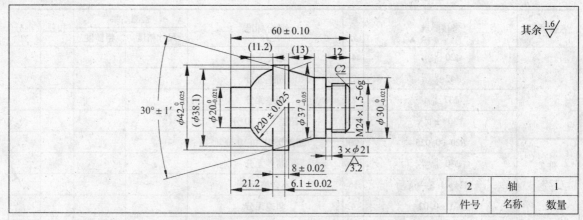

2	轴	1
件号	名称	数量

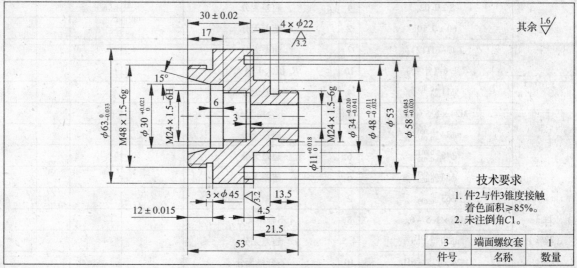

技术要求

1. 件2与件3锥度接触着色面积≥85%。
2. 未注倒角C1。

3	端面螺纹套	1
件号	名称	数量

数控车工高级技师操作考件评分表

考件编号：_____   总分：_____

考核项目	考核要求	配分	评分标准	检测结果		扣分	得分
				尺寸精度	粗糙度		
件1 (36%)	$\phi 63^{\ 0}_{-0.033}$	1	超差无分				
	$\phi 58^{\ 0}_{-0.021}$	2	超差无分				
	$\phi 48^{+0.025}_{\ 0}$	4	超差无分				
	$\phi 34^{+0.025}_{\ 0}$	4	超差无分				
	M24×1.5−6H	8	不合格无分				
	$15^{+0.027}_{\ 0}$	3	超差无分				
	$\phi 20^{+0.021}_{\ 0}$	4	超差无分				
	$S\phi 40$ 与件2着色面积≥75%	12	不合格无分				
	$\phi 42^{+0.027}_{\ 0}$	4	超差无分				
	M48×1.5−6H	8	不合格无分				
	$\phi 63^{-0.10}_{-0.15}$ $\phi 60.5^{-0.10}_{-0.20}$ 45°±3′，9±0.025	26	不合格无分				
	$23^{+0.025}_{\ 0}$	3	超差无分				
	67.5±0.10	1	超差无分				
	16项（IT12）	8	超差无分				
	$R_a 1.6$（十二处）	12	R_a 值大1级无分				

考核项目	考核要求	配分	评分标准	检测结果		扣分	得分
				尺寸精度	粗糙度		
件2 （12%）	$\phi20_{-0.021}^{0}$	4	超差无分				
	$\phi42_{-0.025}^{0}$	2	超差无分				
	$\phi37_{-0.05}^{0}$	8	超差无分				
	$30°\pm1'$	20	超差1′扣10分				
	$R20\pm0.025$	20	超差0.01扣10分				
	$\phi30_{-0.021}^{0}$	3	超差无分				
	$M24\times1.5-6g$	16	不合格无分				
	6.1 ± 0.02	4	超差无分				
	8 ± 0.02	4	超差无分				
	60 ± 0.10	2	超差无分				
	7项（IT12）	7	超差无分				
	$R_a1.6$（十处）	10	R_a值大1级无分				
件3 （22%）	$\phi11_{0}^{+0.018}$	4	超差无分				
	$M24\times1.5-6g$	8	不合格无分				
	$\phi34_{-0.041}^{-0.020}$	2	超差无分				
	$\phi48_{-0.032}^{-0.011}$	6	超差无分				
	$\phi58_{+0.020}^{+0.043}$	6	超差无分				
	$\phi63_{-0.033}^{0}$	2	超差无分				
	$M48\times1.5-6g$	8	不合格无分				
	$\phi30_{0}^{+0.021}$	4.5	超差无分				
	$M24\times1.5-6H$	10	不合格无分				
	12 ± 0.015	4	超差无分				
	30 ± 0.02	4	超差无分				
	件2、件3圆锥着色面积≥85%	20	不合格无分				
	15项（IT12）	7.5	超差无分				
	$R_a1.6$（十四处）	14	R_a值大1级无分				
组合 （30%）	1.03 ± 0.05	25	超差0.01扣10分				
	88.03 ± 0.05	20	超差0.01扣10分				
	2.13 ± 0.05	25	超差0.01扣10分				
	82.5 ± 0.05	15	超差0.01扣8分				
	125.83 ± 0.05	15	超差0.01扣8分				

总分	件1	件2	件3	组合	总分	备注

工艺、程序	工艺与程序的有关规定	违反规定扣总分1～5分
规范操作	数控机床规范操作的有关规定	违反规定扣总分1～5分
安全文明生产	安全文明生产的有关规定	违反规定扣总分1～50分
备注	每处尺寸超差≥1mm酌情扣考件总分5～10分	

数控车工高级技师工、量、刃具及毛坯准备清单

序号	名称	规格	精度	数量	备注
1	游标卡尺	0～200	0.02	1	
2	高度游标尺	0～300	0.02	1	
3	外径千分尺	0～25、25～50	0.01	各1	
4	外径千分尺	50～75、75～100	0.01	各1	
5	内测千分尺	0～25	0.01	1	
6	深度游标尺	0～200	0.02	1	
7	内径百分表	10～18	0.01	1	
8	内径百分表	18～35、35～50	0.01	各1	
9	螺纹千分尺	0～25	0.01	1	
10	半径样板	1～6.5、7～14.5、15～25		各1	
11	百分表、磁性表座	0～10	0.01	各1	
12	中心规、螺距规	60°、米制		各1	
13	钢直尺	0～300		1	
14	寻边器	6～10		1	机械式或电子接触式
15	立铣刀	$\phi8、\phi10、\phi20$		各1	
16	立铣刀	$\phi30、\phi40$		各1	
17	镗刀及镗刀头	$\phi22～\phi40$		各1	
18	镗刀	$\phi10～\phi14$		各1	
19	铣夹头、转接套	BT40		各1套	
20	键槽铣刀	$\phi8、\phi10$		各1	
21	麻花钻	$\phi5.2、\phi8、\phi20$		各1	
22	莫氏变径套			1套	
23	丝锥	M6		1套	
24	外圆车刀	35°、90°		各1	
25	螺纹车刀	60°		1	
26	内孔车刀	35°、90°	$(\phi20\times35)$	各1	
27	切断刀	$t=3.5$		1	
28	万能角度尺	0°～320°	2′	1	
29	划针、划规、样冲			各1	
30	榔头、木榔头、活扳手			各1	
毛坯尺寸	165×82×43		材料		2A12或45钢
	$\phi65\times90$				45钢
备注					

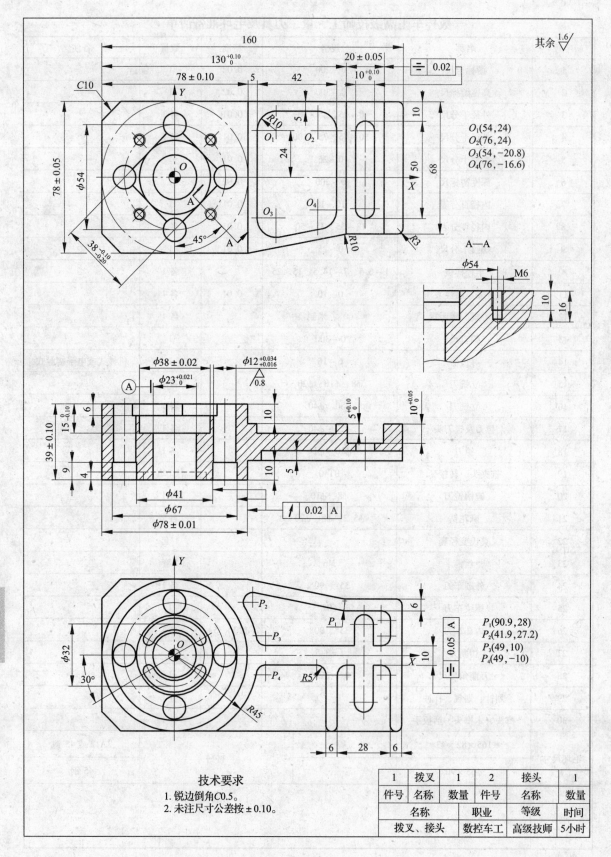

其余 $\sqrt{\dfrac{1.6}{}}$

$O_1(54, 24)$
$O_2(76, 24)$
$O_3(54, -20.8)$
$O_4(76, -16.6)$

A—A

$P_1(90.9, 28)$
$P_2(41.9, 27.2)$
$P_3(49, 10)$
$P_4(49, -10)$

技术要求
1. 锐边倒角C0.5。
2. 未注尺寸公差按 ± 0.10。

1	拨叉	1	2	接头	1
件号	名称	数量	件号	名称	数量
名称		职业		等级	时间
拨叉、接头		数控车工		高级技师	5小时

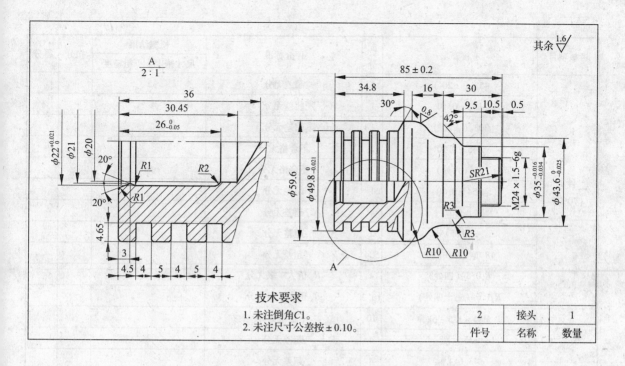

技术要求
1. 未注倒角C1。
2. 未注尺寸公差按±0.10。

2	接头	1
件号	名称	数量

数控车工高级技师操作考件评分表

考件编号：_____   总分：_____

考核项目	考核要求	配分	评分标准	检测结果		扣分	得分
				尺寸精度	粗糙度		
件1 （70%）	$\phi23^{+0.021}_{0}$	4	超差无分				
	$\phi38\pm0.02$	3	超差无分				
	$\phi12^{+0.034}_{+0.016}$（四处）	12	超差无分				
	$15^{0}_{-0.10}$	1	超差无分				
	$5^{+0.10}_{0}$	1	超差无分				
	$10^{+0.05}_{0}$	2	超差无分				
	39 ± 0.10	1	超差无分				
	$\phi78\pm0.01$	3	超差无分				
	四方$38^{-0.10}_{-0.20}$（二处）	6	超差无分				
	$M6\times10$（四处）	4	不合格无分				
	$10^{+0.10}_{0}$（键槽）	4.4	超差无分				
	50 ± 0.10	1	超差无分				
	78 ± 0.05	2	超差无分				
	78 ± 0.10	1	超差无分				
	$130^{+0.10}_{0}$	2	超差无分				
	20 ± 0.05	2	超差无分				
	$C10$（二处）	2	不合格无分				
	160 ± 0.10	1	超差无分				
	68 ± 0.10	1	超差无分				
	外形$R3$、$R10$（±0.1）	2	不合格无分				
	过渡圆滑	2	过渡不圆滑无分				
	内形$R10$（四处）	4	不合格无分				
	内形42×48（±0.10）	4	超差无分				

考核项目	考核要求	配分	评分标准	检测结果		扣分	得分
				尺寸精度	粗糙度		
件1 （70%）	45°（±20′）	1	超差无分				
	$\phi32\pm0.10$	1	超差无分				
	30°（±20′）	1	超差无分				
	$R45\pm0.10$	2	不合格无分				
	$R5$（六处）	3	不合格无分				
	$\phi54\pm0.10$	1	超差无分				
	三 0.02	4	超差无分				
	三 0.05 A	2	超差无分				
	18项（±0.10）	5.4	超差无分				
	$R_a0.8$（四处）	4	R_a值大1级无分				
	$R_a1.6$（三十四处）	10.2	R_a值大1级无分				
件2 （30%）	$M24\times1.5-6g$	10	不合格无分				
	$\phi35_{-0.034}^{-0.016}$	4	超差无分				
	$\phi43.6_{-0.025}^{0}$	4	超差无分				
	$\phi22_{0}^{+0.021}$	6	超差无分				
	$SR21\pm0.10$	6	不合格无分				
	0.5 ± 0.10	2	不合格无分				
	$R3$（二处）、42°转接	8	不合格或转接不圆滑无分				
	30°、$R10$（二处）转接圆滑	8	不合格或转接不圆滑无分				
	4 ± 0.10（三处）	6	超差无分				
	4.65 ± 0.10（三处）	6	超差无分				
	20°（二处）	4	不合格无分				
	$\phi21\pm0.10$、$\phi20\pm0.10$	4	超差无分				
	$R1$（二处）、$R2$	3	不合格无分				
	$26_{-0.05}^{0}$	4	超差无分				
	$\phi49.8_{-0.021}^{0}$	3	超差无分				
	13项（±0.10）	6.5	超差无分				
	$R_a0.8$（一处）	3.5	R_a值大1级无分				
	$R_a1.6$（十二处）	12	R_a值大1级无分				

总分	件1	件2	总分	备注	

工艺、程序	工艺与程序的有关规定	违反规定扣总分1~5分		
规范操作	数控车床规范操作的有关规定	违反规定扣总分1~5分		
安全文明生产	安全文明生产的有关规定	违反规定扣总分1~50分		
备注	每处尺寸超差≥1mm酌情扣考件总分5~10分			

数控车工高级技师工、量、刃具及毛坯准备清单

序号	名称	规格	精度	数量	备注
1	游标卡尺	0~150	0.02	1	
2	外径千分尺	0~25、25~50	0.01	各1	
3	外径千分尺	50~75、75~100	0.01	各1	
4	深度千分尺	0~50	0.01	1	
5	内径百分表	18~35、35~50	0.01	各1	
6	百分表及磁性表架	0~10	0.01	各1	
7	螺纹千分尺	0~25	0.01	1	
8	高度游标尺	0~300	0.02	1	
9	钢直尺	0~150		1	
10	半径样板	1~6.5、7~14.5、15~25		各1	
11	内测千分尺	0~25	0.01	1	
12	外圆车刀	35°、90°		各1	
13	内孔车刀	90°（$\phi28 \times 40$）		1	
14	切断刀	$t=3.5$		1	
15	内沟槽刀	$t=6$		1	
16	内螺纹车刀	60°（M28~M32）		1	
17	螺纹车刀	60°		1	
18	中心规、螺距规	60°、米制		各1	
19	内径百分表	10~18	0.01	1	
20	立铣刀	$\phi8$、$\phi10$		各1	
21	立铣刀	$\phi7$、$\phi20$、$\phi30$、$\phi40$		各1	
22	转接套	BT40		若干	
23	内螺纹铣刀	M16~M18		各1	$P=1.5$
24	寻边器	6~10		1	机械式或电子接触式
25	麻花钻	$\phi4$、$\phi5$、$\phi12$、$\phi14$、$\phi26$		各1	
26	镗刀及镗刀头	$\phi14$~$\phi20$		各1	
27	铣夹头			1套	
28	键槽铣刀	$\phi5$、$\phi8$、$\phi10$		各1	
29	划针、划规、样冲			各1	
30	榔头、木榔头、活扳手			各1	
毛坯尺寸	$\phi75 \times 88$		材料		45钢
	$125 \times 125 \times 30$				2A12或45钢
备注					

高级技师 连接套、基座组合

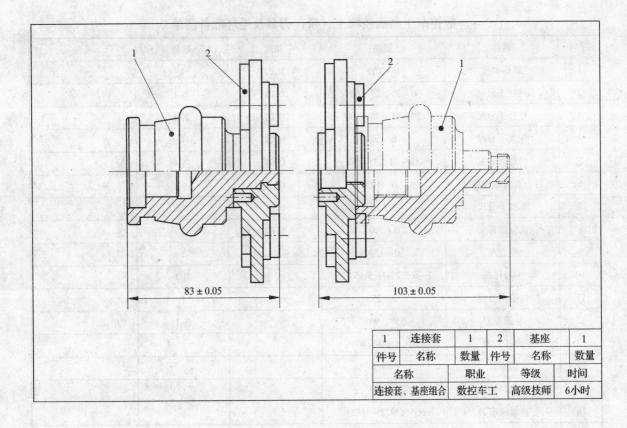

1	连接套	1	2	基座	1
件号	名称	数量	件号	名称	数量
名称		职业		等级	时间
连接套、基座组合		数控车工		高级技师	6小时

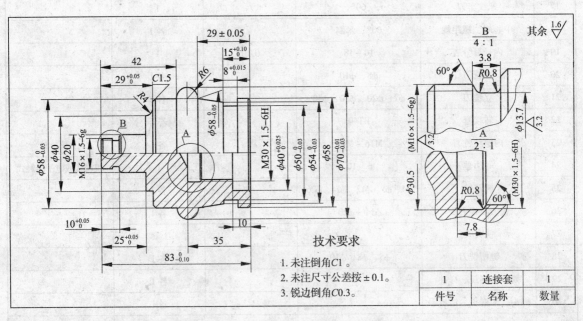

其余 $\sqrt{\dfrac{1.6}{}}$

技术要求

1. 未注倒角C1。
2. 未注尺寸公差按±0.1。
3. 锐边倒角C0.3。

1	连接套	1
件号	名称	数量

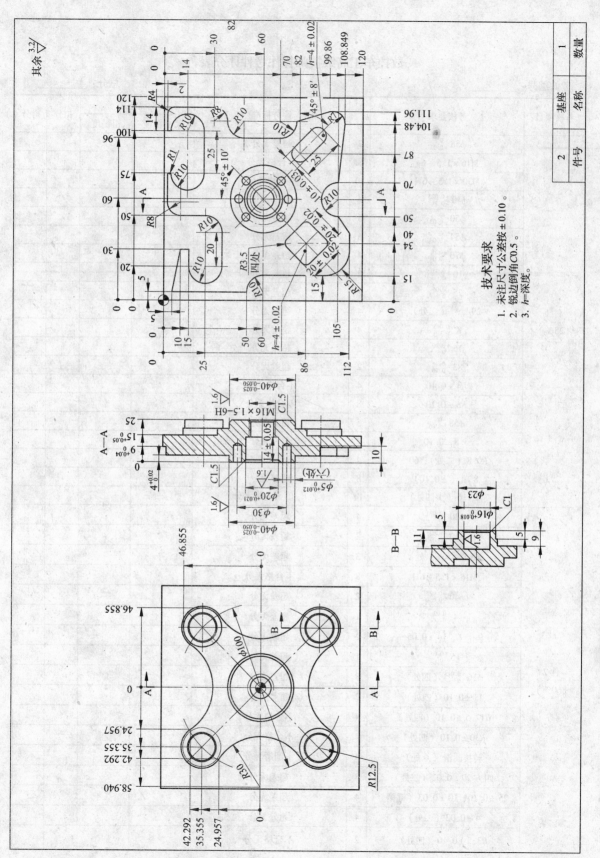

其余 3.2

技术要求
1. 未注尺寸公差按 ±0.10。
2. 锐边倒角C0.5。
3. h=深度。

名称	基座	数量	1
件号	2	数量	1

高级技师 连接套、基座组合

· 59 ·

数控车工高级技师操作考件评分表

考件编号：_____　　　　　　　　　　　　　　　　　　总分：_____

考核项目	考核要求	配分	评分标准	检测结果		扣分	得分
				尺寸精度	粗糙度		
件1 （25%）	$\phi 58_{-0.03}^{0}$	2	超差无分				
	$M16 \times 1.5 - 6g$	8	不合格无分				
	$M30 \times 1.5 - 6H$	10	不合格无分				
	$\phi 40_{0}^{+0.025}$	4	超差无分				
	$\phi 50_{-0.03}^{0}$	5	超差无分				
	$\phi 54_{-0.03}^{0}$	6	超差无分				
	$\phi 70_{-0.03}^{-0.01}$	4	超差无分				
	$10_{0}^{+0.05}$	2	超差无分				
	$25_{0}^{+0.05}$	2	超差无分				
	$29_{0}^{+0.05}$ （二处）	4	超差无分				
	$8_{0}^{+0.015}$	4	超差无分				
	$15_{0}^{+0.10}$	2	超差无分				
	$83_{-0.10}^{0}$	2	超差无分				
	$R4 \pm 0.10$	4	不合格无分				
	$R6 \pm 0.10$	8	不合格无分				
	$\phi 58_{-0.05}^{0}$	5	超差无分				
	3.8 ± 0.10	2	超差无分				
	$R0.8$ （二处）、$60°$	4	不合格无分				
	8 项（± 0.10）	8	超差无分				
	$R_a 1.6$ （十四处）	14	R_a 值大 1 级无分				
件2 （60%）	$\phi 20_{0}^{+0.021}$	4	超差无分				
	$\phi 40_{-0.050}^{-0.025}$	2	超差无分				
	$\phi 5_{0}^{+0.012}$ （六处）	3	超差无分				
	$M16 \times 1.5 - 6H$	8	不合格无分				
	$\phi 40_{-0.050}^{-0.025}$	2	超差无分				
	$4_{0}^{+0.02}$	1	超差无分				
	$9_{0}^{+0.04}$、14 ± 0.05	2	超差无分				
	$15_{0}^{+0.05}$	1	超差无分				
	$\phi 16_{0}^{+0.018}$ （四处）	8	超差无分				
	11 ± 0.10 （四处）	2	超差无分				
	$R12.5 \pm 0.10$ （四处）	4	不合格无分				
	$R30 \pm 0.10$ （四处）	4	不合格无分				
	转接圆滑（八处）	4	不圆滑无分				
	四方 20 ± 0.02 （二处）	4	超差无分				
	25 ± 0.10、10 ± 0.03 （键槽）	4	超差无分				
	4 ± 0.02 （二处）	4	超差无分				
	$R3.5 \pm 0.10$ （四处）	2	不合格无分				

高级技师 连接套、基座组合

考核项目	考核要求	配分	评分标准	检测结果		扣分	得分
				尺寸精度	粗糙度		
件2 (60%)	$R10 \pm 0.10$ （八处）	8	不合格无分				
	$R8 \pm 0.10$ （二处）	2	不合格无分				
	$R15$、$R7$、$R4$、$R1$	4	不合格无分				
	20 ± 0.10 （内中心距）	1	超差无分				
	25 ± 0.10 （内中心距）	1	超差无分				
	82 ± 0.10、87 ± 0.10	1	超差无分				
	$45° \pm 10'$ （四处）	2	超差无分				
	$\phi 30 \pm 0.10$ （孔中心距）	1	超差无分				
	$45° \pm 8'$	1	超差无分				
	转接圆滑 （十处）	5	不圆滑无分				
	外形 120 ± 0.10 （二处）	2	超差无分				
	厚度 25 ± 0.10	1	超差无分				
	10 项 （ ± 0.10 ）	5	超差无分				
	$R_a 1.6$ （七处）	7	R_a 值大 1 级无分				
组合 (15%)	83 ± 0.05	50	超差 0.01 扣 25 分				
	103 ± 0.05	50	超差 0.01 扣 25 分				

总分	件1	件2	组合	总分	备注

工艺、程序	工艺与程序的有关规定	违反规定扣总分 1~5 分		
规范操作	数控机床规范操作的有关规定	违反规定扣总分 1~5 分		
安全文明生产	安全文明生产的有关规定	违反规定扣总分 1~50 分		
备注	每处尺寸超差≥1mm 酌情扣考件总分 5~10 分			

数控车工高级技师工、量、刃具及毛坯准备清单

序号	名称	规格	精度	数量	备注
1	高度游标尺	0～300	0.02	1	
2	游标卡尺	0～150	0.02	1	
3	外径千分尺	0～25、25～50	0.01	各1	
4	外径千分尺	50～75	0.01	1	
5	内径百分表	6～18、18～35	0.01	各1	
6	内径百分表	35～50	0.01	1	
7	百分表及磁性表座	0～10	0.01	各1	
8	量块及移动表架	38块		各1	
9	螺纹样板、半径样板	30°、1～6.5		各1	
10	半径样板	7～14.5、15～25		各1	
11	量针	ϕ1.553		3	
12	公法线千分尺	0～25	0.01	1	
13	塞尺	0.02～0.5		各1	
14	寻边器	6～10		1	机械式或电子接触式
15	立铣刀	ϕ40、ϕ16、ϕ10		各2	
16	三面刃铣刀	ϕ63×8×22		各1	
17	铣夹头及转接套	BT40		各1套	
18	麻花钻及莫氏变径套	ϕ4.5、ϕ8、ϕ5.9、ϕ2、ϕ3.3、ϕ7.9、ϕ9		各1	
19	中心钻及钻夹头			各1	
20	划规、划针、样冲			各1	
21	錾子、榔头、木榔头			各1	
22	粗、细板锉，活动扳手			各1	
23	方锉、半圆锉			各1	
24	整形锉			1套	
25	外圆车刀	35°、90°		各1	
26	内孔车刀	90°		各2	
27	切断刀			1	
28	内、外梯形螺纹车刀	30°、P=3		各2	
29	内六方扳手			1套	
30	丝锥及铰手	M4		各1	
31	铰刀及铰手	ϕ6、ϕ8		各1	
32	内六角螺钉	M4×15		8	
33	内六角螺钉	M4×30		4	
34	定位销	ϕ2×20		1	
35	定位销	ϕ4×30		2	
36	定位销	ϕ6×30		4	
37	螺钉旋具			1	
38	鸡心夹头、活顶尖			各1	
毛坯尺寸	ϕ25×125、57×35×9、1.5×7×25、75×50×45、75×55×20、50×40×8、ϕ15×56、75×55×30			材料	45钢
	ϕ50×30				QBe2 或 HT200
备注					

高级技师 精密平口钳

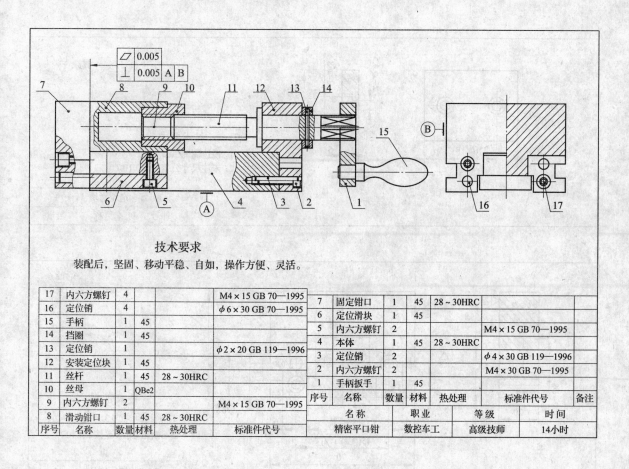

□ 0.005
⊥ 0.005 A B

技术要求

装配后，坚固、移动平稳、自如，操作方便、灵活。

17	内六方螺钉	4			M4×15 GB 70—1995
16	定位销	4			φ6×30 GB 70—1995
15	手柄	1	45		
14	挡圈	1	45		
13	定位销	1			φ2×20 GB 119—1996
12	安装定位块	1	45		
11	丝杆	1	45	28~30HRC	
10	丝母	1	QBe2		
9	内六方螺钉	2			M4×15 GB 70—1995
8	滑动钳口	1	45	28~30HRC	
序号	名称	数量	材料	热处理	标准件代号

7	固定钳口	1	45	28~30HRC		
6	定位滑块	1	45			
5	内六方螺钉	2			M4×15 GB 70—1995	
4	本体	1	45	28~30HRC		
3	定位销	2			φ4×30 GB 119—1996	
2	内六方螺钉	2			M4×30 GB 70—1995	
1	手柄扳手	1	45			
序号	名称	数量	材料	热处理	标准件代号	备注

名称	职业	等级	时间
精密平口钳	数控车工	高级技师	14小时

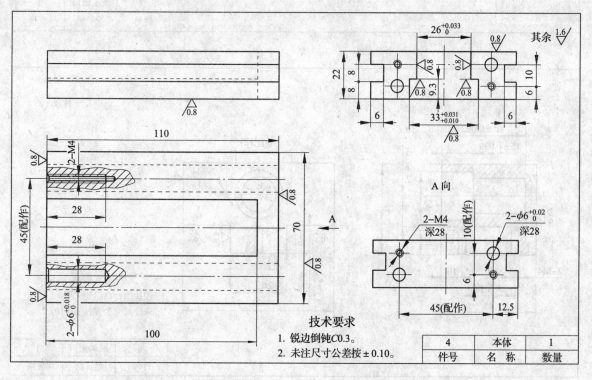

技术要求

1. 锐边倒钝C0.3。
2. 未注尺寸公差按±0.10。

4	本体	1
件号	名称	数量

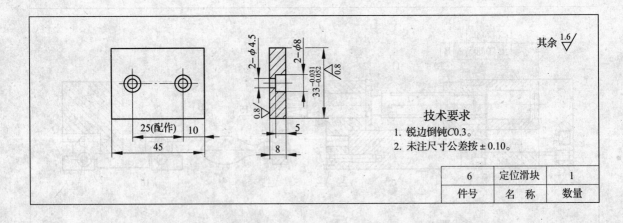

其余 $\sqrt{\dfrac{1.6}{}}$

技术要求

1. 锐边倒钝C0.3。
2. 未注尺寸公差按±0.10。

6	定位滑块	1
件号	名 称	数量

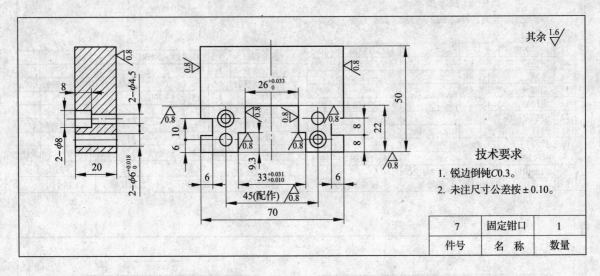

其余 $\sqrt{\dfrac{1.6}{}}$

技术要求

1. 锐边倒钝C0.3。
2. 未注尺寸公差按±0.10。

7	固定钳口	1
件号	名 称	数量

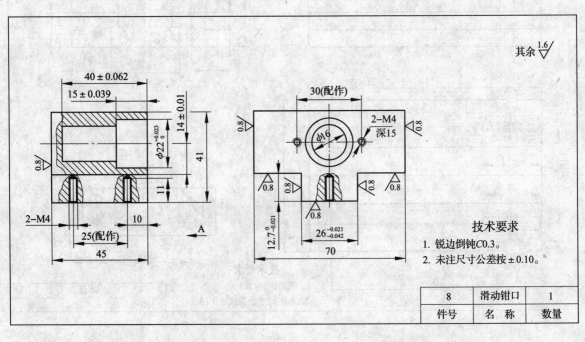

其余 $\sqrt{\dfrac{1.6}{}}$

技术要求

1. 锐边倒钝C0.3。
2. 未注尺寸公差按±0.10。

8	滑动钳口	1
件号	名 称	数量

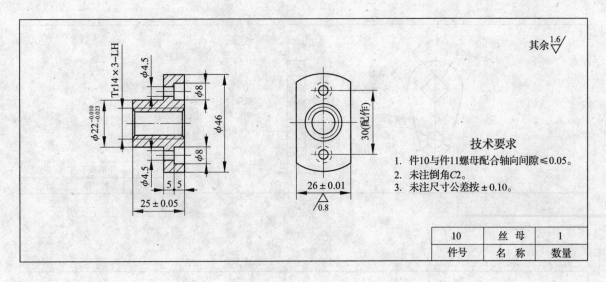

其余 $\overset{1.6}{\triangledown}$

技术要求
1. 件10与件11螺母配合轴向间隙≤0.05。
2. 未注倒角C2。
3. 未注尺寸公差按±0.10。

10	丝 母	1
件号	名 称	数量

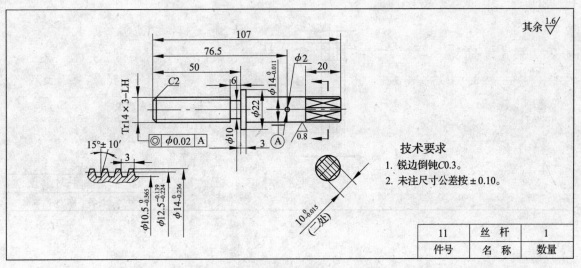

其余 $\overset{1.6}{\triangledown}$

技术要求
1. 锐边倒钝C0.3。
2. 未注尺寸公差按±0.10。

11	丝 杆	1
件号	名 称	数量

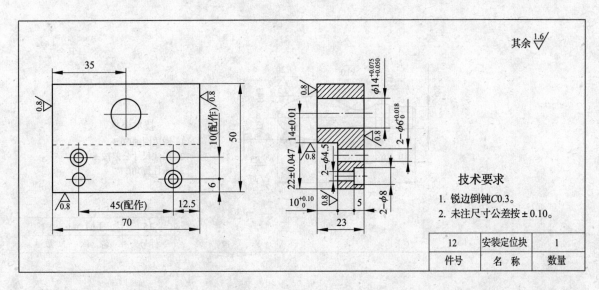

其余 $\overset{1.6}{\triangledown}$

技术要求
1. 锐边倒钝C0.3。
2. 未注尺寸公差按±0.10。

12	安装定位块	1
件号	名 称	数量

高级技师 精密平口钳

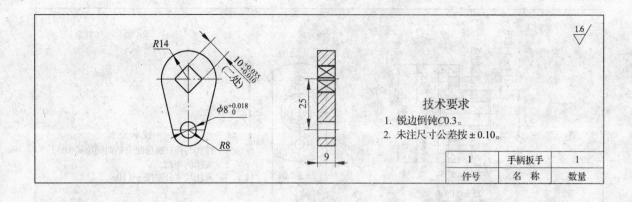

技术要求
1. 锐边倒钝C0.3。
2. 未注尺寸公差按±0.10。

1	手柄扳手	1
件号	名　称	数量

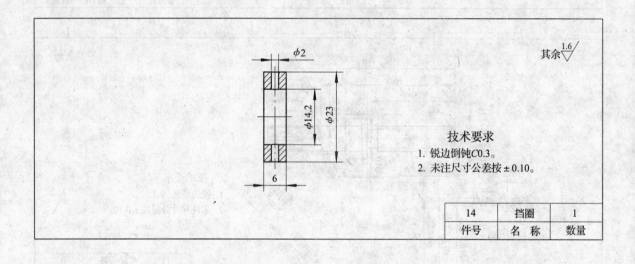

其余 $\sqrt{\dfrac{1.6}{}}$

技术要求
1. 锐边倒钝C0.3。
2. 未注尺寸公差按±0.10。

14	挡圈	1
件号	名　称	数量

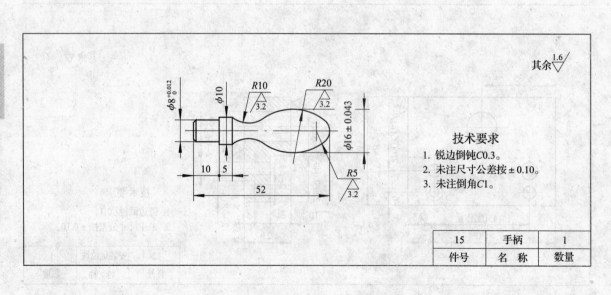

其余 $\sqrt{\dfrac{1.6}{}}$

技术要求
1. 锐边倒钝C0.3。
2. 未注尺寸公差按±0.10。
3. 未注倒角C1。

15	手柄	1
件号	名　称	数量

数控车工高级技师操作考件评分表

考件编号：_____   总分：_____

考核项目	考核要求	配分	评分标准	检测结果		扣分	得分
				尺寸精度	粗糙度		
件1 （4%）	$10^{+0.035}_{+0.010}$（二处）	40	超差0.01扣10分				
	$\phi 8^{+0.018}_{0}$	20	超差0.01扣10分				
	$R8$（±0.10）	10	不合格不得分				
	$R14$（±0.10）	16	不合格不得分				
	其他1项（±0.10）	5	超差无分				
	$R_a1.6$（九处）	9	R_a值大1级无分				
件4 （8%）	$26^{+0.033}_{0}$	18	超差0.01扣9分				
	$\phi 6^{+0.02}_{0}$、28（四处）	12	超差无分				
	M4、28（四处）	8	不合格不得分				
	$33^{+0.031}_{+0.010}$	21	超差0.01扣10分				
	9.3（±0.10）	10	超差无分				
	其他13项（±0.10）	13	超差无分				
	$R_a0.8$（十一处）	11	R_a值大1级无分				
	$R_a1.6$（十四处）	7	R_a值大1级无分				
件6 （2%）	$33^{-0.031}_{-0.052}$	61	超差无分				
	其他10项（±0.10）	20	超差无分				
	$R_a0.8$（三处）	12	R_a值大1级无分				
	$R_a1.6$（七处）	7	R_a值大1级无分				
件7 6%	$26^{+0.033}_{0}$	18	超差无分				
	$33^{+0.031}_{+0.010}$	21	超差无分				
	$\phi 6^{+0.018}_{0}$（二处）	8	超差无分				
	其他15项（±0.10）	15	超差无分				
	9.3（±0.10）	9.5	超差无分				
	$R_a0.8$（十一处）	22	R_a值大1级无分				
	$R_a1.6$（十三处）	6.5	R_a值大1级无分				
件8 （9%）	$26^{-0.021}_{-0.042}$	15	超差无分				
	$12.7^{0}_{-0.021}$	10	超差无分				
	14±0.01	10	超差无分				
	$\phi 22^{+0.023}_{0}$	10	超差无分				
	15±0.039	10	超差无分				
	40±0.062	6.5	超差无分				
	M4×11（二处）	6	不合格不得分				
	M4×15（二处）	6	不合格不得分				
	$\phi 16$（±0.10）	3	超差无分				
	其他6项（±0.10）	6	超差无分				
	$R_a0.8$（七处）	14	R_a值大1级无分				
	$R_a1.6$（七处）	3.5	R_a值大1级无分				

高级技师 精密平口钳

考核项目	考核要求	配分	评分标准	检测结果		扣分	得分
				尺寸精度	粗糙度		
件10 (11%)	$\phi22^{-0.010}_{-0.023}$	12	超差无分				
	26 ± 0.01	16	超差0.01扣8分				
	25 ± 0.05	10	超差无分				
	件10与件11螺母配合轴向间隙小于0.05	40	超差0.01扣10分				
	其他6项（±0.10）	6	超差无分				
	$R_a0.8$（二处）	6	R_a值大1级无分				
	$R_a1.6$（十处）	10	R_a值大1级无分				
件11 (13%)	$\phi14^{\ 0}_{-0.011}$	10	超差0.01扣5分				
	$10^{\ 0}_{-0.015}$（二处）	24	超差0.01扣6分				
	$\phi14^{\ 0}_{-0.236}$ $\phi12.5^{-0.139}_{-0.224}$ $15°\pm10'$ $P=3$	35.5	不合格不得分				
	$\phi2$（±0.10）	6	超差无分				
	其他7项（±0.10）	7	超差无分				
	◎ $\phi0.02$ A	10	超差0.01扣5分				
	$R_a0.8$	3	R_a值大1级无分				
	$R_a1.6$（九处）	4.5	R_a值大1级无分				
件12 (10%)	$\phi14^{+0.075}_{+0.050}$	12	超差0.01扣6分				
	14 ± 0.01	20	超差0.01扣10分				
	22 ± 0.047	16.5	超差无分				
	$10^{+0.10}_{\ 0}$	10	超差无分				
	$\phi6^{+0.018}_{\ 0}$（二处）	10	超差无分				
	其他13项（±0.10）	13	超差无分				
	$R_a0.8$（七处）	14	R_a值大1级无分				
	$R_a1.6$（九处）	4.5	R_a值大1级无分				
件14 (1%)	$\phi2$（±0.10）	30	超差无分				
	$\phi14.2$（±0.1）	30	超差无分				
	其他2项（±0.10）	20	超差无分				
	$R_a1.6$（五处）	20	R_a值大1级无分				
件15 (6%)	$\phi16\pm0.043$	19	超差0.01扣10分				
	$R5$（±0.10）	10	超差0.02扣2分				
	$R20$（±0.10）	22	超差0.02扣2分				
	$R10$（±0.10）	15	超差0.02扣2分				
	$\phi8^{+0.012}_{\ 0}$	25	超差0.01扣12分				
	其他4项（±0.10）	4	超差无分				
	$R_a1.6$（二处）、$R_a3.2$（三处）	5	R_a值大1级无分				
组合 (30%)	技术要求	60	不能装配不得分				
	▱ 0.005	10	超差无分				
	⊥ 0.005 A B	30	超差无分				

总分	件1	件4	件6	件7	件8	件10	件11	件12	件14	件15	组合	总分	备注

工艺、程序	工艺与程序的有关规定	违反规定扣总分1~5分
规范操作	数控车床规范操作的有关规定	违反规定扣总分1~5分
安全文明生产	安全文明生产的有关规定	违反规定扣总分1~50分
备注	每处尺寸超差≥1mm酌情扣考件总分5~10分	

高级技师 精密平口钳

附录1

数控车工_____级考场情况记录表

姓名		准考证号码		数控车床编号	
工艺、程序	根据加工图样编写工艺	编写 □		未编写 □	
	根据工艺编写程序	由工艺编写程序 □	直接编写程序 □	未编写程序 □	
	输入程序之后进入空运行	进行空运行 □		未进行空运行 □	
规范操作	开机前的检查和开机顺序正确	检查 □		未检查 □	
	正确回参考点	回参考点 □		未回参考点 □	
	工件装夹规范	规范 □		不规范 □	
	刀具安装规范	规范 □		不规范 □	
	正确对刀，建立工件坐标系	正确 □		不正确 □	
	正确设定换刀点	正确 □		不正确 □	
	正确校验加工程序	正确 □		不正确 □	
	正确设置参数	正确 □		不正确 □	
	自动加工过程中，不得开防护门	未开 □	开 □	次数 □	
	用手动加工情况	未用 □	用 □	次数 □	
	备注				
安全、文明生产	安全着装	好 □	一般 □	差 □	
	文明礼貌、尊重监考人员	好 □	一般 □	差 □	
	服从考场安排	服从 □		不服从 □	
	刀具、工具、量具的放置合理	合理 □		不合理 □	
	正确使用量具	好 □	一般 □	差 □	
	设备保养	好 □	一般 □	差 □	
	关机后机床停放位置合理	合理 □		不合理 □	
	发生重大安全事故、严重违反操作规程者取消考试	事故状态：			
	备注				
开机时间		**停机时间**		**结束时间**	

操作者签字_____　　　　　　　监考人员签字_____　　　　　　　评分人员签字_____

　　　年　月　日　　　　　　　　　　年　月　日　　　　　　　　　　年　月　日

附录1

· 69 ·

数控车工____级操作考件密封编号表

单位	准考证号	姓名	性别	原编号	密封号		单位	准考证号	姓名	性别	原编号	密封号

编号_____   校对_____

参 考 文 献

[1] 中华人民共和国劳动和社会保障部. 国家职业标准 [S]. 北京：中国劳动社会保障出版社，2000.

[2] 贾恒旦. 技术工人等级操作技能考题集. 车工 [M]. 北京：航空工业出版社，1992.

[3] 贾恒旦. 职业技能培训 MES 系列教材. 车工技能 [M]. 北京：航空工业出版社，2008.

[4] 贾恒旦. 机电设备操作基础技能训练 [M]. 北京：中国劳动社会保障出版社，2005.

[5] 贾恒旦. 技术工人操作技能试题精选. 车工 [M]. 北京：航空工业出版社，2008.

[6] 劳动部培训司. 国际青年奥林匹克技能竞赛试题 [M]. 长沙：湖南科学技术出版社，1992.

[7] 刘承启，刘越. 新编检验工检测计算手册 [M]. 北京：机械工业出版社，2005.

[8] 赵喆. 机械基础标准新旧对比手册 [M]. 南京：江苏科学技术出版社，1999.

[9] 上海五金采购供应站. 实用五金手册 [M]. 上海：上海科学技术出版社，2000.

[10] 袁锋. 全国数控大赛试题精选 [M]. 北京：机械工业出版社，2006.

[11] 数控大赛试题·答案·点评编委会. 数控大赛·答案·点评 [M]. 北京：机械工业出版社，2006.

[12] 陈子银. 数控车工技能实战演练 [M]. 北京：国防工业出版社，2007.

[13] 孙伟伟. 数控车工实习与考级 [M]. 北京：高等教育出版社，2004.

[14] 沈建峰. 数控车床技能鉴定考点分析和试题集萃 [M]. 北京：化学工业出版社，2007.

[15] 韩鸿鸾. 数控车工. 技师、高级技师 [M]. 北京：机械工业出版社，2008.

[16] 王晋波. 数控车工技能训练与考级 [M]. 北京：电子工业出版社，2007.

中国航空工业集团公司　组织编写

全国职业技能培训推荐教材
人力资源和社会保障部培训就业司认定

初级工、中级工、高级工、技师、高级技师

《职业技能培训 MES 系列教材》（第3版）

《职业技能培训 MES 系列教材》（共8册）自1991年问世以来，深受广大读者的欢迎，十多年来，两次修订再版。本套教材以最新颁布的《国家职业标准》和《职业技能鉴定规范》为依据，采用航空航天制造业"小、巧、精、实"的先进理念，突出操作技能及模块式教学方式，增加了相应的新技术、新工艺、新材料、新设备（四新）知识，保持了内容的先进性和领先性，重视教学通用性，注重培养与国际技能水平接轨的高技能人才。

本书是初级工、中级工、高级工、技师、高级技师技能培训的实用教材，既可以供各级技术工人、技师、教师岗位培训使用，又可以作为转岗、农村劳动力转移培训，技工院校、职业院校、大专院校的实训和工程训练教材，还可供高技能人才培训、考试使用。

- *权威*——经过市场用户的实际检验
- *模块*——国际通用的教学方式
- *习题*——全国、航空航天相关的比赛（竞赛）试题
- *注重*——技术工人实际水平的提高